白日提燈

上卷

著・黎青燃

繪・夏青

高寶書版集團

目錄
CONTENTS

第一章　風起

北風蕭瑟，冬日肅殺，涼州城裡是死一般的寂靜。

或許應該把「一般」去掉。

此刻的涼州城內伏屍遍地，血流成河，腥味沖天，一座城如同一座巨大的墳，連呼吸聲都過於刺耳。

從遠方飛來一隻烏鴉，停在屋簷之上，沙啞的低鳴聲撕破了寂靜的黑夜，然後是第二隻、第三隻、第四隻……牠們成群結隊，鋪天蓋地飛來，落在這座城池的街頭巷尾，踩在堆滿大街小巷的屍體身上。

不知道是第幾隻烏鴉落下時，一雙淺杏色的布鞋踩在涼州城主街的地上，頃刻間就被血染得斑駁。

布鞋的主人乃是一個月白色衣裙的姑娘，看起來十七八的年紀，在這慘澹鮮紅的背景裡，彷彿血池中開出的一朵白蓮。

她手裡拎著個玉墜，食指勾著玉墜繩不停地轉著，玉墜發出瑩瑩藍光。

「看來是屠城了啊……」這姑娘的語氣相當平淡。

尋常姑娘看見這樣血腥可怕的場景，怕是要嚇暈過去，可惜賀思慕不是尋常姑娘。

她是一隻惡鬼。

人死之時，執迷不悟，夙願未了，化作遊魂不可往生，遊魂相食百年而生惡鬼。

惡鬼食人。

賀思慕，不巧便是一隻來覓食的惡鬼。

夜色漆黑，伸手不見五指，滿城的屍體一具壓著一具。賀思慕的行動絲毫不受阻礙，她在那些屍體的軀幹間靈活地走動，總能一腳踩在最合適的縫隙裡。不巧剛走六步，她的腳就被人抱住了。

「救……救……」

賀思慕低頭看去，一個肚子上被砍了一刀，皮肉翻飛的男人抱住她的腳。他被血汙得看不清五官，眼神已經渙散，但顫顫巍巍地指向一邊。

「救救……我兒子……救救……沉英……」

賀思慕看了他指的方向一眼，那裡有個七八歲的小孩，被好幾具屍體壓在下面，只露出蒼白的小臉。他依稀還在出氣，但緊閉雙眼，大約是暈死過去了。

她轉回目光，看向這個蓬頭垢面，奄奄一息的男人，道：「你兒子狀況比你好多了，快要死的是你。」

「救救……」那男人像聽不見賀思慕的話似的，只管執拗地哀求。

於是賀思慕蹲下來，手搭在膝蓋上，平視這個命不久矣的男人：「我吃了你，然後救你兒子，你可願意？你要想好，被惡鬼所食者將少一團魂火，轉世後多災多難，不知輪迴多少世方能恢復。」

男人迷茫地思索了一會兒，才明白她話裡的意思，驚恐地睜大了混濁的眼睛，手也有點哆嗦。

「不願意？」賀思慕偏過頭道。

男人哆嗦了一會兒，眼裡積攢起淚水，輕聲說：「……願……願意……」

賀思慕瞇起眼睛，有些憐憫地笑道：「好。」

她乾脆俐落地拽起男人的頭髮，迫使他仰起頭，然後一口咬上他的脖子，尖利的犬齒深深地刺進他的血脈，一時間鮮血噴湧，濺了賀思慕一臉。她手裡的玉墜光芒大盛繼而黯淡。

男人抱住她右腳的手垂落在血泊中，一團光亮從男人的身體裡升起，慢慢升入漆黑的夜空。

人原本有三團魂火，分別位於雙肩和頭頂，往生之時合為一體，如明燈升空，流星逆行——這便是惡鬼才能看見的死亡。

像賀思慕這樣高等的惡鬼，所吃的便是人頭頂這團魂火。

少了一團魂火，男人往生的魂光比旁人黯淡許多。為了一世的父子親情要受幾世的罪，豈非得不償失？但是凡人偏偏愛做賠本買賣。

賀思慕鬆開手，男人沉重的身體「咚」的一聲砸在地上。伴隨著這沉重的悶響，曙光初現，伸手不見五指的黑暗被沖淡。要日出了，烏鴉此起彼伏地躁動起來。

她拍拍手，踏過地上橫七豎八的屍體，沿著男人一路爬過來留下的血跡，走向男人兒子所在。

說實話以賀思慕的力量，直接吃了那男人他也無力反抗。不過做鬼做到她這個地步，總有些自己的規矩，賀思慕對於食物抱有很高的敬意，向來等價交換言出必踐。

她在那堆軀幹前站定，伸出手提起倒在孩子身上的屍體。豈料這屍身傷在脖頸，她提起屍身腦袋時，頭顱直接與軀幹分離，血肉模糊的軀幹再次砸回孩子身上。

小孩被砸得小臉又蒼白了幾分。

賀思慕頗為無奈，提著汙糟的頭顱，皺著眉與頭顱主人那雙目圓睜的驚恐死狀大眼瞪小眼。

「大梁的軍隊來了！」遙遠的城門上傳來一聲呼喊，那是個略顯蒼老的聲音，彷彿拚盡一身力氣喊出這麼一句話，聲音顫抖而逼近撕裂。

從遠處傳來嘈雜的人聲與馬蹄聲，強烈如風暴的活人氣息驅散死氣，四周有帶著欣喜的哭聲傳來，城中的倖存者們從躲避處零零星星地跑出來，悲慟的人群聚集在長街之上。

長街盡頭的城門徐徐打開，天光破曉，晨光初現，無數馬蹄與軍靴踏進鮮血遍染的街中，浩浩蕩蕩看不到盡頭。

賀思慕轉眼望去，一眼便看見了隊伍最前面的男人。

他看起來十分年輕，尚且是個少年，騎著一匹高大的白馬，身披銀色鎧甲，迎著逐漸清晰的晨光。這個男人身材修長而結實，有著高挺的眉骨和鼻梁，一雙格外明亮清澈的，微微上挑的杏眼。

這是個極為英俊，且貴氣的少年。

他迎著朝日晨光而來，如同一把劈開黑暗的利刃。

這是賀思慕第一次看見段胥，天光破曉，萬物甦醒，正是良辰，卻並無美景——畢竟她站在屍橫遍野，痛哭悲愴的百姓之間，手裡還提著死人的頭顱。

少年掃視城中的慘況，眉頭微微皺起，抬眼沿著長街一直望到很遠的地方去。

渾身是血的賀思慕和倖存的百姓們別無二致，並未引起少年的注意。她扔掉手裡的頭顱，探究地看向少年。

——準確地說，賀思慕是端詳他腰間那柄漆黑纖長，兩邊與腰部雕銀的劍。

惡鬼的視力很好，她一眼就能將劍的細節看得分明。賀思慕想著這劍好生眼熟啊，她在哪裡見過來著？

她在她漫長的回憶裡搜尋好一陣，才恍然大悟，這不是三百多年前，她姨父尚在人世時所鑄的破妄靈劍嗎？

破妄是僅次於不周劍的靈劍，主仁慈，仙門對此趨之若鶩。這少年看起來就是個平平無奇的小將軍，也不像是修仙修道的人，居然會有破妄劍？

「將軍大人！您終於來救我們了！」賀思慕右手邊奔出個痛哭哀號的男人，撞得她原地旋身一個踉蹌。眼看著那個男人跑到街邊跪地叩拜，賀思慕餘光瞄了一下周圍或悲慟或驚喜的百姓，發覺自己杵在這裡似乎有些不合時宜。

她是不是好歹哭一嗓子？

她略一思忖，狠狠咬了一下舌頭，被她附身的這具身體立刻湧出淚水來。

她眼含熱淚，露出如見救星的笑容，提著裙子扒開擋在身前叩拜的男人，跑到少年馬前喊道：「將軍大人，胡契人撤退之前屠了城，城中死傷無數，您是來救我們的嗎！」

少年勒馬，他身後的士兵紛紛駐足。他環顧四周的百姓，面上是一派與年齡不符的平靜，他清晰地說：「我乃大梁踏白軍統領段胥，賊人已退往關河以北，今日涼州重歸大梁。」頓了頓，他說：「但凡我在這裡，胡契人，再不可踏入涼州半步。」

倖存的百姓爆發出悲喜交加的哭聲，賀思慕跟著呼喊了兩聲，作出悲慟至極的樣子，伸手去扯少年的衣袖。

少年身邊的親兵立刻就要拔刀，賀思慕一個哆嗦紅了眼睛，少年便擺擺手示意他們不必。然後從懷裡拿出帕子，彎腰遞給賀思慕：「擦擦血罷。」

他的手指修長潔白，以至於青色的筋絡十分明顯，看得出曾是雙尊貴的手，但是如今有多處紫青傷痕，飽經風霜。

賀思慕含著淚，拿帕子時順便摸了他的手一把，低頭的瞬間眼神帶了笑意。果然要找個美貌嬌弱的姑娘來附身，嬌滴滴地一哭便叫人心軟，不僅不趕開還給帕子。

只是她剛剛摸了這少年的脈，他果然是個絲毫靈力修為都沒有的普通人。奇怪，破妄劍竟然會乖乖供這樣的人驅使？他是破妄劍的主人麼？

思索之間，賀思慕突然感覺眼前的畫面飄忽不定，她心說不好，她依附的這具身體怕是要暈倒。她急忙指著旁邊屍體堆裡的小孩，高喊一句：「幫我救下那孩子！」

然後就看見自己的身體一歪，軟軟地倒在小將軍的馬前。

……附身於嬌滴滴小姑娘的壞處，在於這身子過於嬌貴，一晚不睡便撐不住要暈了。

賀思慕脫出那具身體，飄在半空抱著胳膊嘆息。

眾人自然看不見飄在半空的賀思慕，那小將軍低頭看了倒在自己馬前的可憐姑娘一眼，對旁邊一位副將說道：「把她帶下去照顧罷。」

頓了頓，他淡淡說道：「傳令下去，今日在城中整頓軍務，除城中布防所需，其餘人等在城中營救倖存百姓。若有伺機偷盜搶奪者，軍法處置！」

副將領命，賀思慕看著那具身體被幾個士兵扶起來，送走了。賀思慕悠然地跟在那些士兵後面，邊走邊從懷裡拿出一顆明珠，喚道：「風夷。」

那明珠約有鴿子蛋大小，晶瑩剔透，瑩瑩發亮，隱約刻著細小的符文。不多時從明珠內傳來一個男子的聲音，他似乎剛剛睡醒，懶散地打哈欠。

「稀客啊，老祖宗！天都沒大亮呢，有什麼事兒找我啊？」

賀思慕不理會他的抱怨，徑直說：「幫我查一個人，朝廷的人。」

「您老什麼時候對朝廷感興趣了，誰啊？」

「拿著破妄劍的人。」

明珠那頭的男人沉默了一瞬，有些詫異道：「破妄劍重現於世了？劍主叫什麼名字？」

「叫……」賀思慕瞇起眼睛，她回頭看了那逐漸遠去的少年將軍一眼。

這真是個好問題，他叫……叫什麼來著？

見到他的那一刻，他在她眼裡就只有明晃晃三個大字——「破妄劍」，至於他的名字……她沒注意。

大概是死了太久了，死著死著很多事情都懶得去記了。

明珠那頭的男人猜到賀思慕沒注意人家姓名，哈哈大笑，他似乎在洗漱，明珠裡傳來嘩啦啦的水聲。

「且不說他叫什麼名字，查了他您想做什麼呢，把破妄劍搶過來？」

「我要破妄劍做什麼？我又不修仙。」

那少年白袍的背影在陽光下熠熠生輝，賀思慕想了一會兒，說道：「大概是最近太無聊了，數十年裡難得休沐一次，尋點有趣的事兒做做。國師大人最近要是不忙，便陪我玩玩唄。」

「哎呦老祖宗，您老折煞我了。您打聽到名字，我一準兒給您查。」

明珠亮了亮，再次黯淡下去。

明珠那頭的禾枷風夷，是她那三百多年前去世的姨父的第二代重孫，擅長詛咒之術的熒惑災星。如今他隱瞞身分，在朝廷裡混到了國師的地位。

掐指算來，她雖算得上風夷的祖宗，卻是拐了十八個彎極遠房的祖宗，關係到如今還能這麼好，多半是托了她打風夷小時候開始就不停叨擾的福。

賀思慕把明珠揣回懷中，抬頭看向天空，太陽已經完全升起來，陽光明媚晴朗，地上的血泊都映照出璀璨的光芒。

她在所有痛哭、悲傷、憤怒、來來往往尋找親人、收斂屍體的百姓間走過，背著手步履從容，怡然自得，彷彿人世間的不速之客。

人世遭難，可天公作美，晴空萬里。

萬物的悲喜並不相通，乾旱多日此刻被鮮血灌溉的野草，大約也覺得今天是個好日子。

第二章 墓地

天下大勢分分合合，滄海桑田。如今這天下三十六州以關河為界，南北對峙。南邊是中原正統漢人王朝梁國，北邊是遊牧民族胡契人建立的丹支國。

可惜關河以北十七州，曾是漢人中原腹地，無數文人騷客賦詩讚頌的河山。幾十年前江山易主，已經是胡契人的地盤。

雖然梁國的士兵戰力與來自草原的胡契人相差甚遠，可隔著一道關河天塹，胡契人又不善水戰，兩邊多年來還算相安無事。誰料天有不測風雲，一年四季波濤洶湧的關河，今年遭逢百年難遇的寒冬，流經涼州、宇州的河段均冰封起來。

這可樂壞了胡契人，他們揮師南下踏過平地一般的關河，不過十日就占領了涼州府城和下轄的十餘縣，再十天又侵吞了大半個宇州，直指南都而來。

這種人間動盪，四百多歲的惡鬼賀思慕早就來來回回看了不知多少，人間太平盛世也好，亂世殺伐也好，對惡鬼來說其實沒太多區別。而她對這些戰事瞭若指掌，乃是因為她的嗜好。

她是個挑食的惡鬼，唯愛吃瀕死之人，且不吃病死之輩。於是食物選擇的範圍十分狹窄，唯有戰場上最常見。

所以哪裡打了仗，對她而言便如宴席開場，她定欣然奔往。

原本她手頭上有點事情，胡契人大敗梁軍連下兩州時她沒趕上。事情處理得差不多時，風光無限的胡契人卻在涼州吃了大虧，被大梁軍隊奇襲擊敗，甚至來不及與宇州的丹支軍隊匯合，直接被打回了關河以北。

大約是不死心就這麼把吃進去的肉吐出來，胡契人從涼州撤退時屠了涼州府城，半數百姓死於屠刀之下，便是之前賀思慕遇見的那一幕。

賀思慕撐著下巴轉著手裡的玉墜，等著榻上那個小傢伙醒過來。

涼州太守被胡契人所殺，府邸空置，那小將軍便暫時住在太守府中，她這具身體暈倒後也被安頓在太守府的一處院子裡，暈了一個白天剛剛才恢復過來。

小將軍倒是個細心的人，真的按照她暈倒前的囑託救了屍體堆裡的小傢伙，跟她安頓在同一個院子裡。只是這孩子沒受什麼大傷，但睡了許久就是不見醒。

門上傳來兩聲敲門聲，賀思慕的請進還沒說出口，門便被大力地打開，可見門外是個沒耐心的主兒。

一個身著明光鎧的女武將走進來，她以紫巾束著高馬尾，眉眼英氣凌厲，頗像男子。她右手端著個食盒，不鹹不淡地看了坐在桌邊的賀思慕一眼，把食盒放在桌上，說話的語氣平淡。

「醒了？大夫看過妳，妳和妳弟弟是疲勞過度並無大礙，待妳弟弟醒過來你們便離府去罷。」

離府？

還沒打聽到小將軍的事，她這休沐剛找到的一點兒趣味，怎能這麼喪失？

賀思慕牽住女武將的手，露出傾慕的少女神情，流利道：「姐姐英姿颯爽，雖為女子卻能在軍中為將，我好生羨慕，敢問姐姐姓名？」

女武將低頭看著賀思慕，上挑的鳳目含著銳利眼神，簡短道：「孟晚。」

她沒有反問賀思慕的名字，燈火搖曳間神情冷淡，明顯是想及早結束對話。

然而賀思慕沒有給她機會，拉著孟晚袖子的手攥得死緊，面不改色道：「幸會，民女名叫賀小小。如今我和弟弟身體虛弱，想在府中多休息些時日，可否請姐姐稟告將軍大人，通融一下？啊對了，不知今日救我的將軍大人，姓甚名誰啊？」

孟晚瞇起眼睛，她眼神本就凌厲，此刻更像是帶著刀刃。她慢慢低下頭直視著賀思慕的眼睛，彷彿要扒開她這層皮看到她的真身似的。賀思慕避也不避，眼帶笑意。

「妳不對勁。」孟晚這麼說道。

「哦？哪裡不對勁？」

「哪裡都不對勁。涼州屠城，妳弟弟昏迷不醒，妳怎麼一點兒也不害怕？」

賀思慕偏過頭，好整以暇道：「孟姐姐怎麼知道我不害怕？我害怕起來就這樣。再說涼州屠城那般的地獄，我和弟弟都活下來了，如今將軍大人猶如天神降臨，我們不更應該安心？」

孟晚反手攥住賀思慕的手腕，聲音沉下去：「我的直覺從來沒出錯過，妳不是什麼好人。妳為什麼要接近我們將軍？妳是不是……」

賀思慕眸光閃爍，含笑看著孟晚。

「妳是不是……裴國公的人？」

……啥？什麼國公？

賀思慕迷惑一瞬，然後噗嗤一聲笑出來：「姐姐妳在說什麼？這什麼勞什子的國公，我聽都沒聽過。」

雖說從剛剛開始她沒有一句真話，但是這句話卻是千真萬確的。

人間再怎麼位高權重的官宦貴族，與她有什麼關係？

位高權重者又不會特別好吃，她可不像魈鬼殿主晏柯那般，專挑手握權柄的官員下口。

孟晚顯然不相信她的話，她鬆了賀思慕的手腕，狠厲道：「我不管妳打什麼主意，趁早放棄！我們公子是何等出身，何等才華？不過是天性赤誠無所防備，才被你們這些小人陷害，險些毀了前途！現在不是在朝廷，而是在戰場，我豁出命去也不會讓妳傷我們公子一根汗毛！」

孟晚這一番義正辭嚴慷慨激昂，倒讓賀思慕無言以對，只覺劈頭蓋臉被扣了好大一口黑鍋。

但是孟晚的話讓她回憶起給她遞帕子的那雙手，那雙指甲修剪整齊，白皙修長，然而傷痕累累的手。

看起來應該是拿筆的，不該是上戰場的手。

聽孟晚喊那小將軍公子，想來那小將軍還不是將軍時，他們就認識了。

「聽妳這麼一說，將軍大人還挺慘的？」

「妳少裝……」

孟晚正欲說話，只聽見一聲清亮的腹鳴音響起。她們二人轉頭看去，便見旁邊床榻上的小傢伙不知何時醒了過來，專注地看著她們二人——之間的那個飯盒。

睡了一天一夜的薛沉英，是被飯菜的香味薰醒的。

賀思慕看著面前這個狼吞虎嚥吃著晚飯的小孩，安慰道：「吃慢點，沒人跟你搶，你說你八歲，叫……」

「薛……沉英……」小孩嘴裡含著一堆飯，含糊不清地說道。

「啊，那我就叫你沉英好了。」

「好……姐姐妳是誰啊……我爹去哪兒了啊？」

賀思慕想了想，不忍心打斷他進食的好興致，便道：「我叫賀小小，你爹嘛，你先吃完飯我再告訴你。」

沉英點點頭，小臉又埋進了飯碗裡。

賀思慕撐著下巴，心想這小子倒是毫無戒心，和飯最親。

孟晚軍務繁忙，撂下狠話便走了，留了幾個人看著院子。沉英只關心飯，孟晚前腳剛走，他便呲溜下地跑到桌前，問賀思慕他可不可以吃這些東西。

於是現在他正埋首狼吞虎嚥，賀思慕撐著下巴看著他發光的眼睛，漫不經心道：「香嗎？好吃嗎？」

「香！好吃！」沉英嘴裡鼓鼓囊囊，他忙裡偷閒看了隨便扒拉飯菜的賀思慕一眼，道：「姐姐……妳不喜歡嗎？」

「啊……談不上喜歡，也談不上不喜歡……」賀思慕有一搭沒一搭，完成任務似地夾著碗裡的飯菜。

橫豎惡鬼沒味覺，是吃不出味道的。當然人肉和魂火也並不美味，飽腹罷了。這麼一看，做鬼倒是十分淒涼。

沉英終於填滿了肚子，他放下碗打了個大大的飽嗝，一雙大眼睛眨巴著看向賀思慕。

「謝謝小小姐姐，我吃飽了，我爹在哪裡呀？」

賀思慕上下打量著他。這孩子穿的粗布衣服打了許多拙劣的補丁，家境定然十分貧寒，而且這補丁粗糙的針腳，說不定是他父親縫的。照這樣說，他母親很可能已經不在人世了。

這孩子雖然瘦弱，幸而長相還算周正，圓圓的一張小臉和圓圓的眼睛，有幾分憨憨的可愛。

「除了你父親之外，你在這世上還有什麼親人嗎，母親、祖父母、外祖父母、姑姑、伯伯之類？」賀思慕問道。

沉英老老實實地搖頭，他耷拉下腦袋，說道：「家裡的親人大多都沒了，就我和父親相依為命。」

賀思慕揉揉額角，這孩子看起來魂火挺齊全，怎麼這倒楣運氣都趕上缺魂火的了。

「那你還記得，你暈倒前發生什麼了嗎？」

沉英愣了愣，似乎抗拒回想那些場景，臉上血色盡褪。他拉住賀思慕的手說道：「壞人……壞人在不停地殺人……我爹……我爹他被……捅了肚子……他流了好多血……」

可算是想起來了。

賀思慕任他拉著她的手搖晃，平淡而認真地說道：「你爹已經死了，明日我帶你去給他下葬。」

聽到「死了」兩個字，沉英睜大眼睛，然後癟了癟嘴，眼淚吧嗒吧嗒地往下掉，慌亂又委屈。

「真的嗎？姐姐妳想想辦法……我爹還能活過來嗎？我爹以前被鐮刀割傷過，腿上好大的口子，他流了好多血……但是後來郎中來了……他就不流血了……還能下地幹活兒呢……早先我娘還在的時候，就說受點兒小傷沒關係的……小磕小絆人人都有……」

這孩子越慌話越多，邊說邊哭，邊哭邊說，好像嘴不受自己控制似的一串串話往外蹦。從爹說到娘再說到爺爺、奶奶、外公、外婆，非得搜腸刮肚，找到一點能證明他父親被一刀捅穿肚子還能不死的方法。

賀思慕就靜靜地看著他，不說話也不動作，看著他哭得上氣不接下氣，語無倫次，聲音越來越小。

最後沉英停下話，深深地吸了一口氣，啞著嗓子說道：「我爹說……人死不能復生，是真的嗎？」

這次賀思慕終於說話了，她點點頭，說道：「是真的。」

沉英的眼睛顫了顫，不哭了，只是一派茫然。

「那姐姐妳是誰呢？」

「你父親對我有一飯之恩，既然你並無親眷，我會照顧你一陣，把你託付給一個好人家的。」

沉英蔫蔫地搖搖頭，又點點頭，他沒來由地小聲說：「我爹說我總是哭鼻子，一點兒也不像男子漢。」

賀思慕摸摸他的頭，道：「我爹娘死的時候，我可是鬧了個天翻地覆，若是能哭定然哭得比你還凶。你比我那時爭氣多了。」

事實證明孟晚孟校尉言出必行，賀思慕和沉英早上起來吃了一頓飯，大夫過來看過他們無礙之後，便被客客氣氣地請出了太守府。據說此乃軍機重地，閒人勿入。

沉英拉著賀思慕的衣角，惴惴不安道：「小小姐，我們以後還有飯吃嗎？」這孩子三句不離飯，看來以前是真餓狠了。

賀思慕摸摸他的腦袋，笑道：「自然有飯吃，而且比你之前吃得好多啦。」

她牽著沉英的手，先去找他爹爹的屍體。那小將軍下令城中收斂屍體，搬到幾處荒廢的大宅院中，請各個人家去認領屍身，三日之內不認領的便一起安葬了。

賀思慕見那宅院裡屍體一具挨著一具，多得讓人眼花，便暗暗使了道符咒，跟著咒術指引找到沉英他爹的屍體。

沉英一見他爹的屍體又哭了，抹著眼淚說：「爹爹受了這麼多傷，我都認不出來這是爹爹了……姐姐妳怎麼遠遠的，一眼就看到了……」

「我是大人嘛，大人目力比你好。」賀思慕面不改色道。

沉英趴在他爹身上哭了一陣，笨拙但是認真地把他爹的衣服收拾好，拿濕布把他爹的臉和四肢擦乾淨。中間他發現屍體脖子上的咬痕，癟了癟嘴，又大哭起來：「我來晚了，爹爹的屍體都給野獸咬壞了！」

野獸賀思慕站在旁邊，心想這小孩子哪裡來這麼多眼淚？

她摸摸沉英的頭，和善道：「哭完就把你爹拉走埋了吧。」

他們跟看守的官兵登記了，將沉英他爹的屍體拉出去，在城後墳地上挖了個坑埋了。城後的墳地處歪歪斜斜長著些不大有精神的樹，荒草叢生。然而此時這裡頗為熱鬧，許多百姓在此埋葬親人，哭泣聲此起彼伏，因為死去的人太多，地方竟有些不夠用。

賀思慕尋了塊木頭板子，坐在沉英他爹的小土堆前幫沉英寫墓碑。

沉英大字不識一個，只能說出他爹的名字讀音是什麼，賀思慕就憑著音給沉英湊字。

待賀思慕手裡的木板插在土堆之上時，彷彿蓋棺論定，沉英感覺到他爹真的再也沒法揭開這木板重新回到他面前了，情緒完全低落下去，話也不說了，只是一邊落淚一邊往墳上撒紙錢。

「你哭他幹什麼？該是他哭你才對，他已經了卻此生再世為人了，而你這小傢伙還要在這邊關亂世，孑然一身的活下去。怎麼看都是你比較慘。」賀思慕感嘆。

這囉嗦的小孩沒了言語，只是抹眼淚。

賀思慕嘆息一聲蹲在他旁邊，隨手拿起一疊紙錢撒向天空。

從她手裡撒向空中的紙錢彷彿著了魔似的，在空中悠悠飄了一會兒，蒼白纖薄的紙片在陽光下閃了閃，突然呼啦啦變成無數白色的蝴蝶，搧著翅膀上下紛飛。

沉英這沒怎麼見過世面的小孩看傻了，不遠處埋葬親友的百姓們也嘖嘖稱奇。

賀思慕慫恿他：「你也撒一把。」

沉英有些遲疑地拿起一把紙錢，往空中一撒，那些紙錢飛到半空之中，也突然化作蝴蝶呼啦啦地飛起來，如同雪花飄舞。

沉英嚇了一跳，騰的一下站起來，難以置信地看著自己的手：「我……這是……」

「看什麼看，不過是戲法罷了。」賀思慕哈哈大笑起來。

沉英愣了愣，驚喜道：「原來小小姐姐是變戲法的呀！」

「算是罷。」

賀思慕打了個響指，那些蝴蝶乘著北風翩翩而去，沉英張大了嘴巴轉過頭看向蝴蝶遠去的方向，賀思慕也偏頭望去。

便看見蝴蝶飛去的盡頭，陽光斜照間站著個身姿挺拔如蒼松的少年。

他戴著帷帽，帽下黑紗過肩，身著銀灰色的箭袖圓領袍，袖口與正心皆繡有墨色的日月星雲，頭髮以銀製髮冠束得整齊，帷帽外垂下兩道淺白色髮帶。

——這是賀思慕眼裡的景象，說實話她不知道他穿的究竟是什麼顏色的衣服，說不定是赤橙黃綠青藍紫，可在她眼裡只有黑、深灰、淺灰、白。

惡鬼的世界便長這個樣子，沒有顏色這一說。

蝴蝶自少年的頭側翩翩飛走，他微微側身躲避，髮帶劃出一道瀟灑的弧度。

少年看向賀思慕，爽朗地笑著道：「好神奇的戲法。」

賀思慕站起身來，目光在他腰間的破妄劍上停留一瞬，然後移到帷帽黑紗下，他隱約的臉龐上。

她正想著如何再接近這小將軍，誰知他自己送上門來了。

她盈盈一笑行禮拜謝，這身體原本就是個甜美可愛的姑娘，笑起來時更是天真撩人。

「昨日將軍大人的救命之恩，我們姐弟無以為報，在此拜謝。」

「我本是護衛大梁的將軍，拯救百姓是天職，姑娘何須拜謝？」他豎著食指在唇邊，道：「姑娘別喊我將軍大人，驚動其他百姓就不好了。」

他戴著帷帽，未著官服未帶隨從，看來並不想讓人認出來。賀思慕眼珠轉了轉便說道：「您是微服私訪來了？」

他並未否認，目光看向遠處看管墳地的幾個士兵。

因為死者眾多，未免墳地不夠引起爭端，一些士兵被派駐此地維持秩序。原本規矩是先到者先得，有些人要好地，便塞錢給士兵，將原來已經挖了坑準備下葬的人家趕走，葬自己的親人。士兵倒也熟練，來者不拒。

本都是遭了不幸的人家，到這步田地還要相互傾軋。

賀思慕轉眼看向少年，少年的神情看不分明。

「不過姑娘真是好眼力，昨日匆匆一面，今日我還戴著帷帽，妳一眼就認出我來了？」他轉過頭，對賀思慕道。

賀思慕大大方方道：「那是自然，您的威名赫赫颯爽英姿小女子早就傾慕不已。」

小將軍聞言抱起胳膊，手抵著下巴。像是覺得滑稽，他悠然地說：「是嘛，威名赫赫？那我叫什麼名字？」

「……」

這不正是她預備問他的問題嗎？

小將軍倒也不深究，低頭笑起來，說道：「姑娘不必奉承，我若真有赫赫威名，應該使涼州城免於被屠才是。我叫段胥，封狼居胥的胥，字舜息。」

段胥，段舜息。

這小將軍年紀輕輕便身居高位，本該心高氣傲目無下塵，卻意外的沒什麼架子。

賀思慕笑道：「民女名叫賀小小，這是我的乾弟弟，叫做薛沉英。」

「小小姑娘。」段胥重複了一遍，他走近兩步想要說什麼，賀思慕餘光裡瞄到旁邊樓閣高處站著的人，大喊一聲：「小心！」

在她張口的同時，段胥迅速側身，破妄劍出鞘在他手心轉了一圈，銀光閃爍間將高樓上射來的箭矢打落，不過一瞬劍便再次入鞘。

「有胡契賊人！」

守衛的士兵大喊，高樓上那個黑色身影一閃就不見了，許多士兵去追那人。段胥卻不著急，仍舊笑意盈盈地將劍放回腰間：「看來認出我的不只是賀姑娘，還有別人。」

他回過頭，剛剛出聲提醒他的賀姑娘卻拽著他的衣服，而她弟弟拽著這姑娘的衣服，一起縮在他背後瑟瑟發抖。

賀小小眼含淚水，楚楚動人道：「這真是太嚇人了。」

「……已經無礙了，多謝姑娘相救。」段胥安撫道。

賀思慕攥著他的衣角，道：「雖然我也很想像將軍這般，說不必言謝。但我和弟弟已無家人，昨日被趕出太守府，已是無枝可依怕要流離失所，餐風露宿。而且馬上就要下雪了，我們連今晚的住處都沒找到呢。」

沉英攥著賀思慕的衣角，意識到這是今天有沒有飯吃的關鍵，配合著拚命點頭。

這小將軍一看便是讀了一肚子四書五經的正派人，大約不會拒絕這樣楚楚可憐的小姑娘和她孤苦伶仃的乾弟弟。段胥看看賀思慕再看看沉英，果然說道：「好，滴水之恩湧泉相報，我自然會幫姑娘和令弟安排住處的。」

頓了頓，他看向天空，有些疑惑：「賀姑娘剛剛說，一會兒要下雪嗎？」

「今年天氣古怪，關河都能凍上晴天飄雪也不奇怪。現在看著陽光很好，但馬上就要變天了。」賀思慕得了段胥的承諾，心滿意足地放開他的衣角，指指自己的眼睛：「我這雙眼睛向來毒得很。」

得來全不費工夫，若不是段胥在場，她定然要為那刺客的刺殺鼓掌，並且她也確實投桃報李了。

實際上剛剛段胥彷彿背後長眼，在她提醒之前就閃身躲避，原本這箭是射不到他的。不過賀思慕用術法讓那箭在空中偏了點方向，仍舊直奔段胥而來，這才逼出了他的破妄劍。

賀思慕牽著沉英的手，愉悅地同段胥一起回城。

破妄劍乃是雙劍，烏木鑲銀，刻有銀雕咒文，平時兩邊劍柄互為劍鞘，合二為一看起來如同一柄劍。雙手武器原本就比單手難掌握，方才段胥卻用得十分熟練，斬斷來箭的甚至是左手劍，可見武功不俗。

破妄劍出鞘時，她看得分明，寒光四射鋒利無比。它平日裡是不開鋒的鈍劍，唯有認主之後才會開刃。

賀思慕不動聲色地將段胥上下打量了一遍。

並無靈力修為，卻能駕馭破妄劍，看來這小將軍命格極強悍，且很得破妄劍喜歡。奇怪呀，這小將軍憑什麼得破妄劍青眼呢？

原本還明亮晴朗的天空風雲變色，突然陰沉下來，繼而大雪紛紛落下，落在人影寥寥的街上，為涼州府城更添幾分淒涼。

賀思慕抻袖遮住沉英的頭頂，說道：「你才昏迷了一天一宿，要是著涼了我可照顧不了你。」

她話音剛落，只覺得頭上一重，繼而被黑紗擋住了視線，是段胥把帷帽戴在她頭上。她轉過頭去，見段胥扶著帽檐，隔著黑紗和落雪紛紛，他笑道：「賀姑娘也才昏迷了一日，當心著涼。」

他的眼睛圓潤而明亮，彷彿含著一層光，笑起來露出潔白整齊的牙齒，一派天然的少年氣。

賀思慕扶著帷帽，淺笑道：「多謝將軍。」

段胥鬆開帽檐，轉過身迎著風雪往前走。他脊背挺拔，步履輕快，彷彿這世間沒有什麼事值得煩惱。

果然是山間明月，晴日白雪，世上少年。

段胥說自己並無赫赫威名，顯然太過謙虛。

「段舜息啊？這個名字朝中誰人不知誰人不曉？」

賀思慕手裡的明珠發出光亮，月光皎潔，她正披著斗篷坐在太守府的屋頂上，一手托腮一手托著珠子，聽著裡面傳來的聲音。

「段家三代翰林，皇親國戚。段舜息外祖母是大長公主，先皇親姊，父親段成章因病罷官前，官至禮部尚書。他家是有名的文臣世家，他前年高中榜眼入朝為官，更是前途無量。」

賀思慕靠在屋脊上，抬頭望著明月道：「那裴國公又是誰？」

「喲，老祖宗您還知道裴國公啊。如今朝廷兩派黨爭得你死我活，一派是杜相一派就是裴國公，段舜息父親是杜相的心腹，他自然也是杜黨一員。而今聖上喜歡任用年輕人，杜相年事已高，段舜息背景深厚又得杜相喜愛，被當做未來宰執培養。」

「可惜他有個死敵，與他同年及第的狀元，如今的諫議大夫方先野。方先野出身寒門，本是裴國公的門客，高中狀元後自然歸於裴國公麾下，這小子聰明又心思縝密，處處壓段舜息一頭。」

「先前中秋宴會，皇上心血來潮，請宴中才俊對論兵法，段舜息這回大勝方先野，被皇上大加讚賞。結果裴國公這邊立刻上表，說段舜息既有將才，便該多多鍛煉。皇上一時高興，封了段舜息翊衛郎將一職。」

「段舜息本是門下省給事中，妥妥當當的宰執之路橫生枝節，升官卻升成個武職。他文臣出身，在軍中沒有一點根基，去翊衛難免出錯，方先野找準機會，一紙彈劾把他送出京城，到踏白軍做中郎將。誰知他剛到踏白軍便遇上胡契入侵，踏白軍將軍戰死，他臨危受命成了踏白軍將軍。」

賀思慕揉揉太陽穴，手裡顛著明珠，說道：「我懂了，他該是你們無人不知無人不曉，赫赫有名的倒楣鬼。」

從名門望族，宰執候選人一路落到朝不保夕的邊關將軍之位，怨不得孟晚像是個一點就著的炮仗，嚷嚷著要保護段舜息。

賀思慕看著不遠處段胥的房間，夜已深了，房間仍然燃著昏黃燈火，他的身影投在窗戶上，挺拔如松。

「不過我看這小將軍卻是全無煩惱的樣子，成天笑意盈盈，對自己的處境並無抱怨。」賀思慕撐著下巴，漫不經心道：「他是真的豁達淡然，順其自然麼？紅塵俗世裡，十年寒窗考取功名，是不是人人都想做宰相？」

「若是有機會，怕是皇上也想做呢，哈哈哈哈。段舜息是有名的明朗性子，見人三分笑，只是他心裡是怎麼想的，又有誰知道呢？他出身顯赫才華橫溢，難道就不想一人之下萬人之上麼？」

「啊……真是無趣。」

天下熙熙皆為利往，天下攘攘皆為利來。這小將軍不過是最普通的凡人，困在這名利場裡，此生來來回回。

曾經滄海難為水，她姨父可謂是她見過這世間最光風霽月，溫柔強悍之人。破妄劍有過這樣的主人，怎麼還能將就這樣的俗人呢？

與此同時，房間裡看軍報的段胥打了個噴嚏，房間裡的軍官立刻看向段胥，道：「今日雪大，將軍可是受了風寒？」

段胥搖搖頭，放下軍報出神地看了一會兒燈火，然後抬起眼睛看向軍官。

「慶生，今日行刺我的人抓到了嗎？」

夏慶生面露羞愧之色，抱劍道：「還未。賊人武功高強逃脫極快，我們跟丟了。將軍大人，您以後出行務必帶上衛兵，不然太過危險了。」

段胥不喜歡帶隨從，這在南都是出了名的。像他這種身家的公子，出門帶四五個小廝奴僕都已經是低調，他卻向來獨行。

據他自己說，他從前遭過劫匪，身邊貼身照顧數年的僕人奮力助他逃生，盡數死於匪徒刀下。他心中念舊，不願再配新僕。

此番論調在南都傳開，讓段胥多了重感情的好名聲。

「武功高強……他挑的位置十分隱蔽，這麼遠的距離能瞄準我，確實是個高手。」段胥直接略過了慶生的勸告，輕聲說道：「即便你在我身邊，也未必能發覺刺客。」

段胥輕輕一笑。

更何況是一個不會武功的「普通」姑娘呢？

月上中天，薛沉英做了噩夢醒來發覺小小姐姐不在房間，他試探著喊了幾聲都沒有回應，便端著燭檯去院子裡尋了一遍，還是沒有尋到。

他站在原地愣了半天，噩夢中的情景似又浮現。沉英逐漸慌了神，端著燭檯推門跑到街上，一路喊著「小小姐姐！」

小小姐姐去哪裡了？

小小姐姐是不是嫌他吃飯吃得多，丟下他自己走了？

沉英的眼睛逐漸被淚水打濕，眼前的街道一片朦朧。他想起他的母親和父親，還有所有逝去的親人，他們都是在他某天一覺醒來之後消失不見，再也不曾回來的，這彷彿某種不祥的隱喻。

他睜開眼時看不到的人，可能這輩子再也看不到了。

因為下了一天的雪，地上結了一層冰，沉英邊哭邊走，不小心摔了一跤。燭檯掉在地上，燈火「噗嗤」一聲熄滅了，冒著幽幽的青煙。

就在燈火熄滅的同時，一個溫柔的女聲響起來，隱隱約約的有些模糊。

「孩子你怎麼啦？怎麼在哭啊？」

沉英抬起頭，在蕭條寒冷，萬籟俱寂的街上，離他十步之遙站著一個身著綠襖的少婦。

好不容易停住的雪花又開始飄飛，她站在暗處，只能看見她精緻玲瓏的輪廓，耳邊垂著碧玉翡翠，手裡抱著黑白嬰戲紋的大罐子。

沉英踉蹌著從地上爬起來，環顧四周見四下無人，有些侷促地站在原地。

「我在找人。」他小聲說道。

那婦人往前走了一步，腳步踩在雪裡，無聲無息。

「你在找誰啊？」

近了這一步，便能看清她殷紅的唇，唇角帶著笑意。

沉英猶豫了一下，還是回答了她：「我找……賀小小姐姐，妳認識嗎？」

「賀小小？這個人我最熟了，我知道她在哪裡，娘親帶你去找她。」婦人又向沉英走近一步。

沉英不自覺地後退一步，他像是野生小獸，本能地察覺到危險。他迷惑而小心地說：「我娘親早就去世了，而且她不長妳這樣，妳為什麼要自稱是我娘親？」

婦人沉默了，嘴角的笑意慢慢淡下去。四下裡安靜得可怕，唯有寒風吹過街中的旗招牌，發出烈烈風聲。

婦人又往前邁步，這次她完全走進了亮處。沉英這才發現，她的眼睛是全黑的，沒有眼白。而她懷裡抱著的那個嬰戲紋罐子上，血跡斑斑。

扶著罐子的纖纖玉手染著新鮮的血液，從她的手掌沿著罐身一路流下，一滴一滴落在雪地裡。

四周安靜得彷彿能聽見這些血珠砸在雪地裡的聲音。

她沒有覺得任何不妥，眨著漆黑的眼睛，溫柔地笑起來，循循善誘道：「現在不是，馬上就要是了。來啊，快到娘親這裡來。」

沉英瞠目結舌地看著這個婦人，嚇得全身哆嗦。出於本能恐懼，他想要轉身拔腿就跑，但是腿軟得不聽使喚。薛沉英只能徒勞地喊著：「妳……妳別過來！我要……我要找小小姐姐！她會……她會變戲法！」

變戲法對於驅邪來說顯然毫無用處，但沉英不知道還有什麼本事更嚇人了。

婦人笑著走近沉英，不知從何處傳來一聲突兀的高叫，驚飛了屋簷上的烏鴉。

「孟校尉，就是她！邪門得不行！違反宵禁還傷了我們好幾個弟兄！」

一班巡街的士兵從旁邊的街上橫插而來，五六個人隔在沉英與婦人之間，帶頭的正是孟晚。

她回頭看看沉英，心道這不是那個賀小小的弟弟麼？然後再轉過頭抽刀對著面前這個怪異的女人。

那個女人停止了前進的步伐，面露不快之色。

孟晚看著她漆黑的眼眸，她從沒遇過這等怪事，握刀的手緊了緊：「這女人是不是中邪了？」

「不想死的就讓開！把那孩子給我！」女人面露猙獰，發出野獸一樣的嘶吼，她的指甲迅速變長，張開嘴露出尖利的獠牙。

孟晚手抖了抖，心裡也沒底。在那女人撲過來之際硬著頭皮舉刀相向，大喊道：「老徐、老王，你們快帶這孩子走！」

電光火石間，婦人突然睜大了眼睛張大嘴巴，漆黑的眼睛裡滿是不敢置信，戾氣盡數化為巨大的恐懼。下一刻她雙腿一軟，結實地跪倒在地上，獠牙利甲消失得乾乾淨淨，匍匐著瑟瑟發抖，彷彿待宰的羔羊。

孟晚還維持著舉刀的姿勢，愣愣地看著腳下跪倒的少婦，不能理解轉瞬之間她怎麼態度大變。

「饒……饒了我……」

少婦恐懼到話也說不清了，只顧著不停地磕頭，力氣之大在地上砸出「咚咚」的聲響，像不知道疼似的。

「妳到底是……」孟晚警惕地看著少婦，話還沒說完卻見一陣青煙飄過，那少婦消失得無影無蹤。

四下安靜得彷彿剛剛的婦人只是幻覺。

「娘唉，這娘們果然是鬼！」她身後的士兵愣了一下，有人驚呼出聲。

「瞧這胡契人造的孽，屠城這樣大凶之禍，鐵定要招不乾淨的東西來！」那些士兵議論紛紛。

孟晚心有餘悸地回頭，正想詢問沉英的情況，卻不期然在她身後，長街的盡頭看見一個身影。

那個人影披著藕粉色的絨毛斗篷，戴著一頂帷帽，帷帽下黑紗過肩隨風飄動，看不清眉目。來人不動聲色地站在落雪紛飛之中，彷彿周遭的黑暗是沉鬱的氣氛所致。全身上下，唯一一點鮮活的，便是腰間明滅的藍色光芒。

這是……段胥的帷帽？

孟晚愣了愣，在她出聲質詢前，那個人影先發制人石破天驚地悲鳴起來，彷彿土偶活了似的，一邊哭號一邊提著裙子跑到沉英面前，蹲下來撫摸著沉英的小臉。

「沉英啊！你可嚇死我了！你沒事兒吧？姐姐現在孤苦伶仃，就和你相依為命了，你可不能出啥事啊！」

沉英被她感染，撲在她懷裡哭道：「嗚嗚嗚，小小姐姐，我是出來找妳的！結果遇到了奇怪的女人，她好可怕！」

風吹起帷帽下的黑紗，孟晚看著相擁而泣的姐弟倆，才確認這姑娘是賀小小。

「那怪物剛剛還無比囂張，怎麼突然消失了？」巡夜隊伍裡的老徐疑惑道。

不等孟晚分析，賀思慕就哭道：「一定是孟校尉英明神武，那邪祟被您的氣勢震懾，不敢造次，只好逃走！」

孟晚疑惑地看看自己手裡的刀，再看看那女鬼消失的方向，不確定道：「是這樣？」

士兵們彷彿醍醐灌頂，紛紛附和起來。

「這丫頭說得沒錯，同為女人，您是保家衛國的女將，她卻是害人的女鬼，凡是要點臉面的鬼都該羞慚！」

賀思慕站起身來，牽著沉英的手抹眼淚道：「多謝孟校尉救了我們姐弟。」

孟晚把刀插回刀鞘，皺眉道：「妳這姐姐怎麼當的，大半夜的讓弟弟一個人上街，不知道宵禁嗎？」

賀思慕楚楚可憐地絞手指。

孟晚看著眼前這個弱不禁風的小姑娘，看著她黑白分明的眼睛，心想方才或許是自己太緊張了，才會看錯。

那時站在長街盡頭的賀小小，風吹起黑紗時，她一瞬間好像看見一雙漆黑的眼眸，和那女鬼別無二致。

大概是錯覺罷。

第三章　心願

介於沉英和賀小小都是一副受驚過度的樣子，孟晚囑咐老徐把此事上稟將軍，便說要送沉英和賀小小回家。

賀思慕掩著面擦去餘淚，抬起胳膊指向不遠處一座院落：「校尉大人不必送了，我們就住在這裡。」

孟晚驚訝地睜大眼睛，看看那院落再看看她，道：「妳住在太守府隔壁，這不是安排給……」

說著說著，她意識到什麼：「難道說今日那個救了將軍大人的女子，就是妳？」

賀思慕點點頭，捂著心口，「正是不才在下我。」

孟晚眼中登時燃起大火，憐憫沒有了擔心也沒有了，她上前兩步攥著賀思慕的手腕：「妳果然居心不良，這般處心積慮接近將軍，妳想做什麼？給妳的主子通風報信？陷害我們將軍？」

賀思慕哈哈笑了兩聲，像聽見全天下最好笑的笑話似的，低聲重複道：「主子？」

頓了頓，她說：「校尉放心，我不認識那個什麼國公。若是要害將軍，刺客行刺之時我就該纏住將軍，讓他乖乖受死不是嗎？」

孟晚目露精光：「那妳就是別有所圖！」

這……倒是真的。

賀思慕看看孟晚握著自己手腕的手，心想這十幾歲的小姑娘真是難纏，索性道：「我確實另有所圖。實不相瞞，自從將軍如天人下凡，救涼州百姓於水火之時，我便對將軍一見鍾情，故而想要親近將軍。」

沉英小小地「哇」了一聲，眼睛一亮，被嚇得慘白的小臉都恢復了幾分紅暈。顯然他年紀輕輕，就已經很知道八卦的樂趣。

「妳！將軍出身名門，唯有南都的貴女能配，妳這一介鄉野丫頭也敢妄想……」孟晚氣憤之餘，面露不屑。

賀思慕突然靠近孟晚，望著她的眼睛道：「那妳是南都貴女嗎？」

孟晚被她一噎，臉色發紅：「我算不上……」

「那便是了，妳不是南都貴女，我也不是；妳嫁不了段胥，我也是；可妳喜歡段胥，我也是。我們這般志同道合，難道不是上天的緣分，註定要相互扶持，妳說對不對？」

賀思慕微笑著拍拍孟晚的肩膀，這個小姑娘被她奇異的理論噎得說不出話，賀思慕悠然轉身，牽著一直不敢插嘴的薛沉英往家走。

她忽而想起什麼，轉過頭來對孟晚說：「孟校尉，今日多謝相救。不過以後手中若是沒有符咒，見了這些厲鬼還是跑為上策。」

她偏頭微笑，夜色深沉落雪飛舞，帷帽下的黑紗隱約透出她的面容，像是一盞黑紗燈。

「畢竟最英勇的羊，也不該和狼搏命，對吧？」

長夜又重歸於平靜。凡人眼裡的平靜。

城郊墳地裡忽而閃過藍色火光，火光中隱隱約約出現一個女子的身影，待火光退卻，她的流雲紋翹頭布帛鞋踩在濕軟的土地上。

她穿著鏽紅色曲裾三重衣，衣上繡著流雲紋與忍冬紋，衣服大約是百年前流行的款式。腰間繫著一枚白玉墜，雕刻為精細的六角宮燈形狀，發出藍色的光芒。

那小小的玉墜若顯現原形，便是令人聞風喪膽的鬼王燈。

女子臉色蒼白，並無生氣，有著細長的柳葉眉鳳目，眼角有一粒小痣。所謂冰肌玉骨明豔動人，不外如是。即便在一派死氣沉沉裡，也透出死寂的美麗。

賀思慕很好的繼承了她父母的美貌，她的真身亦可為實體。只可惜這具身體顯露在人前，一看就知道是個死人。

她轉著腰間的玉墜，抬起漆黑的眼眸，懶懶一笑道：「滾出來。」

那個綠衣的婦人隨著一股青煙出現在她面前，重重地跪在地上，抖若篩糠。

「王……王上饒命……」

「名字？」

「邵……邵音音……」

賀思慕伸手舉在半空，腰間的玉墜光芒閃爍間，一本書頁捲邊的厚重古書落在她手裡。

她漫不經心地打開古書，一邊翻頁一邊說：「邵音音，庚子年三月初七死在岱州木里鎮的邵音音。」

「是的……奴家……」

賀思慕不等她說完，便喚道：「關淮。」

她說這兩個字時語調與平時不同，聲音之中蘊含著不可見的力量，如同拉滿釋放的弓弦激蕩起空氣。

話音剛落，又有一陣青煙吹起，一個老者從青煙中落下。

只見這老者滿面皺紋，身材佝僂，鬢髮皆白，且長可及地，以人間樣貌來看至少百歲。他被叫來前似乎正在梳髮，頭髮束了一半另一半亂亂的垂在地上，不僅滑稽還擋了視線。

「王上！關淮在此！」他慌慌張張地彎腰行禮，聲音過於高亢而走音，活像個破鑼。

「彪鬼殿主，我長得可像是這棵樹？」

賀思慕的聲音從他身後傳來，闌淮一撩頭髮，才發現自己拜的正是一棵黑黢黢的槐樹，那槐樹張牙舞爪彷彿在嘲笑他。闌淮連忙轉過身來，還險些被自己的頭髮絆了一跤。

「王上，恕老臣老眼昏花……」

「彪鬼殿主頭髮已經長到誤事的地步，不如剪了去吧？」

闌淮立刻抱住自己的頭髮，口中止不住道：「使不得使不得，王上也知道，咱惡鬼這頭髮剪掉可不會再長了。」

鬼王之下有左右丞，二十四鬼臣，每位鬼臣分管一個鬼殿，闌淮便是彪鬼殿主。

賀思慕看了他一會兒，靠著墓碑敲著書，淡淡道：「三十二金壁法中，第五道第三條是什麼？」

闌淮宛如私塾裡被先生抽中功課的弟子，顫顫巍巍地僵硬了半天，然後醒悟道：「是……啊，是不得食用十歲以下孩童！」

賀思慕「啪」的把書合上，指向匍匐在地上的邵音音：「你殿中的惡鬼，當著我的面要吃一個八歲孩童。看來法度在彪鬼殿主這裡，形同虛設啊。」

闌淮看了地上抖著的邵音音一眼，賠笑道：「這小丫頭才成惡鬼沒多久，不太懂事……」

「不太懂事？邵音音，把妳那黑白罐子拿出來，讓彪鬼殿主看看妳有多不懂事。」

賀思慕低頭望向邵音音，笑意盈盈。

邵音音渾身僵硬，她幾乎要矮到塵土裡去，可憐巴巴地搖頭，小聲說：「我沒有什麼罐子……」

賀思慕微微瞇眼，一字一句道：「我說，拿出來。」

她腰間的玉墜陡然發出刺目的火光，邵音音慘叫一聲，顫抖著拿出一個肚大口小，描著嬰戲紋的罐子。

一看到這個罐子，關淮的臉色就變了，他立刻高喊道：「方昌！方昌！」

又一股青煙襲來，從青煙裡走出個高挑瘦削的白衣書生，臉色煞白地跪地向關淮與賀思慕行禮，「見過殿主、王上。」

關淮指著方昌，怒火沖天道：「我本是信任你，閉關之時才將�鬼殿的一干事務交由你處理。你怎能如此怠忽職守，連殿中惡鬼私囤魂火都沒有發現？」

這義憤填膺的一番指責倒是把自己撇了個乾淨，分明是知道自己兜不住了拉來一個替罪羊。方才還老眼昏花，現在卻突然眼力變好，一下子就看出這罐子是什麼了。

「你們這是冰糖葫蘆一個串一個啊。」賀思慕笑笑，從邵音音手上拿過那黑白的罐子，罐子上的嬰戲紋乃是身穿肚兜的稚子在蹴鞠，活靈活現趣味盎然。

這麼個可愛的罐子裡，存了六個不足十歲的孩童魂火，孱弱卻純淨。

「殺死十歲以下孩童，其罪一，囤積魂火，其罪二，依律當如何？」

滿臉堂皇的白淨書生磕頭，悲切道：「求王上網開一面，放過音音！她並非有意忤逆王上，音音生前育有四子，接連夭折，最終她生五子時難產而死。音音心中有怨故成遊魂，百年後化為惡鬼。她變成惡鬼的執念便是子嗣，她控制不住自己啊，求王上念在她可憐，饒了她罷！」

闞淮立刻狠狠瞪了方昌一眼。

賀思慕上下打量這書生模樣的惡鬼一會兒，懶懶道：「鬼冊上她的生平寫得明明白白，你複述一遍給我做什麼？她有沒有意忤逆我，我不關心，但是我在這個位子上一日……」賀思慕停頓了一下，目光漸冷：「我的法度，就不可忤逆。」

方昌低頭咬牙，賀思慕走近方昌，在他面前微微彎腰，笑道：「你喜歡邵音音？」

「臣……」方昌飛快地瞥了邵音音一眼。

「所以你心疼她，縱容她，隱瞞不報？」

「絕非如此！」

賀思慕撫摸著腰間的玉墜，漫不經心道：「人間有句話，慣子如殺子，情人之間也是如此。」

方昌還想說什麼，被闞淮搶先，喝斥道：「王上說的是！一粥一飯，當思來之不易。做人時學的道理，做鬼就不記得了？吃稻穀的時候要珍惜，吃人就可以隨便了？」

闞淮一邊給方昌遞眼色叫他別說話，一邊瞄賀思慕的神情。

邵音音伏在地上，囁嚅道：「望王上念在音音初犯，從輕發落。」

置。」

賀思慕瞥了大義凜然的關淮一眼，笑起來：「這是你殿中的惡鬼，按理說該由你來處置。」

方昌聞言面露喜色，而關淮抖了抖，果不其然賀思慕走近關淮，拍拍他佝僂的肩膀。

「你來處置她，我來處置你，如何？」

「老臣……」

「如今我在休沐，姜艾與晏柯代我監理鬼域。你先去領今日的罰，不必稟告我你如何處置她，七日之後若鬼冊上還有她的名字，我們再來議論。」

賀思慕不去看地上的邵音音和方昌，再度拍了拍關淮的肩膀，消失於一陣藍色火光中。

「老臣恭送王上。」關淮深深行禮，然後鬆了一口氣，彷彿賀思慕是一座壓在身上的大山，她走後背都挺直了幾分。

他慢慢轉過身，撩起他滑稽的白髮，看著跪在地上的邵音音和方昌，氣道：「方昌啊方昌，我說你什麼好？包庇情人也就罷了，還敢跟王上頂嘴？邵音音做的這些事，你就是說破天去王上也不會鬆口！」

邵音音滿臉驚惶地看向方昌，還未出口懇求，又遭了關淮一通罵：「現在知道害怕了？囤魂火殺小孩的時候開心得很嘛！」

他明明是個極蒼老的老人，嗓音跟破鑼似的，罵起人來卻是中氣十足，鬍子都被他吹起一尺高。

方昌纖瘦的手掌安撫著邵音音的脊背，他面露堅決之色，叩拜道：「殿主大人，您在鬼域裡最為年長，王上總要敬您三分。方昌求您幫音音求個情罷，我願做牛做馬，不忘您的恩情！」

關淮看了方昌一會兒，長嘆一聲道：「我是虛長了三千多歲，那又如何？賀思慕平息鬼域叛亂，血洗二十四鬼殿時，才不滿百歲。三成的殿主在她手上灰飛煙滅，哪個不比她年長得多？」

「要不是她這百年來脾氣和緩了些，你剛剛說的那些話，夠讓你灰飛煙滅一萬次了。」

方昌怔了怔，明白關淮話裡的意思是不會救邵音音了，不禁灰心地伏在地上。

「待這件事處理好，你代我去向王上謝罪罷。記得少說話，王上休沐之時很少找我們，更不喜歡被打擾。」

關淮拍拍方昌的肩膀，再看看地上瑟瑟發抖的邵音音，搖著頭離開了。

賀思慕這個喜怒無常，十代內天賦最強的鬼王，他可得罪不起。

涼州太守府書房裡，炭火把整個房間烘得溫暖，空氣裡瀰漫著嫋嫋煙氣。金絲楠的厚重書桌上，放著一封信，信上寫了「密」字且加有兵部專門的紅戳。

這封信八百里加急，送到段胥桌上，被他拆開還不到一個時辰。此時他坐在書桌後，孟晚和夏慶生站在書桌前，他並不避諱孟夏二人，信攤開在桌上讓他們看得分明。

孟晚眼神沉鬱，捏緊了拳頭道：「欺人太甚！他們這是要你去送死！」

段胥胳膊架在書桌上，雙手手指交疊插緊再鬆開，他思考時慣會如此。沉默了一會兒，段胥抬起眼眸道：「秦帥的想法並沒有錯，如今涼州已經收復，宇州卻大半還在丹支軍手裡。宇州之南便是一馬平川，大梁再無天險可守，胡契人得了宇州便會直逼南都，所以宇州絕不可失。丹支和大梁都很清楚，那裡才是最重要的戰場，戰事膠著。」

「丹支長途作戰，最忌夜長夢多，宇州仍有六城在大梁精銳手中，久攻不下，丹支必然增援。他們失去了涼州，能增援的就只有這條線路。」

段胥以食指在桌上的地圖上一畫，乃是宇州後方和關河一線。

「但是宇州後方由丹支重兵把守，他們會料到我們想切斷增兵路線，在這裡做好了死戰的準備。踏白軍只八萬人，經不起這樣的損耗。為救宇州，我們需得……」

段胥的手移到地圖上的涼州，指向涼州的關河河段：「踏過關河，迂迴占據丹支的朔州府城，切斷關河南北胡契人的通路。待到春來關河解凍，丹支便無力回天了。」

孟晚氣急反笑，她道：「沒錯，秦帥想的沒錯，空口白牙隨便一說自然容易。且不說開春關河解凍，我們成了困在朔州的死棋，單說渡過關河攻打丹支這一項，談何容易？他秦煥達面對丹支大軍，向來是死守而非進攻，卻要我們攻到丹支去？」

「這麼重要的事，他怎麼不叫他的肅英、勝捷軍去做？那可是他的親兵！他是裴國公的妹婿，你是他的眼中釘，肉中刺，他擺明了是要你送死！」孟晚說著說著，眼睛就紅了，攥起拳頭一捶桌子：「奶奶的，都什麼時候了，還不忘幹剷除異己這種齷齪事！」

她常年在軍營裡，雖出身官宦人家，卻也沾了些粗語。

段胥的眼裡是一派不變的清洌坦然，他甚至笑起來，一反剛剛的嚴肅，神態輕鬆。

「秦帥畢竟是天下兵馬大元帥，軍令難違。若是必須有人送死才能保住大梁，總不能論誰當去不當去罷？秦帥讓我去送死，也算是看得起我不是？」

孟晚睜圓了眼睛看向段胥，有些哀其不幸怒其不爭。孟家和段家是世交，她認識段胥多年，卻一直不明白他怎麼能有這樣的脾氣，壞事能當好事，誰也不埋怨。

段胥站起身來，他的身材高挑修長，眉眼生得俊朗，笑起來當得起「明眸皓齒」這四個字，整個人有種快活而通達的氣質。

他走到書桌前，目光轉向一直沉默的夏慶生。夏慶生和孟晚都是他從南都翊衛帶來的人，夏慶生本就話少，此時一直皺著眉頭神情凝重。

「慶生，你怎麼了？」

夏慶生咬咬牙，忽而跪地向他行禮，鏗鏘有力道：「是我連累了將軍。若不是為了救家妹，您也不會跟范公子起衝突，被方大人彈劾以至於陷入今日的險境。」

他抬起眼睛望向段胥，眼中有愧色然而眼神堅定，他鄭重地說：「不管將軍決定如何，我都誓死追隨！」

段胥看看堅決的夏慶生，再看看憤怒的孟晚，不由得低頭哈哈大笑起來，笑得夏慶生和孟晚一臉驚詫。

段胥向來非常愛笑，認識他多年的孟晚從未見他愁眉苦臉過，即便如此，她還是不能適應他突如其來的笑容。

段胥伸手扶起夏慶生，對他們說道：「怎麼了這是？一個個都這副表情，彷彿即刻便要慷慨就義，你們就這麼篤定我會輸？」

「我此番提前知會你們，你們不要向別人透露半個字。慶生，讓吳郎將兩個時辰後來太守府找我。孟晚，妳隨我來，我們去辦件事。」

段胥拍拍夏慶生的肩膀，有安撫之意。他笑盈盈的樣子，似乎真不覺得這是什麼大事，交待一番之後便出了太守府。

他在邊關貫徹了他在南都的作風，並不帶衛兵。此番他只和孟晚一道走出太守府，在已然蕭條，猶有血跡的大街上站了一會兒，便右轉走向太守府邊那個小宅院。

一個姑娘正坐在宅院門口的臺階上，她身著月白色夾襖，披著藕粉色的斗篷，脖頸處露出一圈白色的絨毛，長相甜美，白膚上浮著紅暈，彷彿一顆桃子。

這姑娘手裡拿著個圖案複雜的糖人，穿著藍色小襖的男孩也拿了一個類似的，坐在她旁邊依偎著她。他們周圍圍了一圈七八歲的孩子，坐在地上仰著頭聚精會神地聽那女子講著故事。

孟晚一看見賀小小，就氣不打一處來：「將軍，這段時間你命我負責照顧她，她要宅子要食物要衣服我都給了，如今她活得像個嬌小姐。您還要管她到幾時？」

段胥輕鬆地說道：「妳不是說她可能是裴黨的人，接近我不懷好意麼。她要食物要宅子沒要我的命，不就很好了？先不說這個，這些天妳同她相處如何？」

孟晚壓了怒氣，抱劍稟報道：「她自稱並無親眷，薛沉英的父親曾對她有恩，她便照顧薛沉英。不過我打聽過，涼州城裡沒人見過她，也沒有人聽薛沉英的爹提過她。」

「這幾日我有意問她天氣變化，她每次都能預言對，時間可精確到時辰，風向及風力也都正確。但是將軍，我覺得此人不可信。」

段胥對孟晚的評論不置可否，只是說道：「我明白了。」

他們走近小院門口那一群人，聽見賀小小清脆的聲音。

「只見那惡鬼長得如花似玉，卻雙目漆黑，手裡抱著個大罐子，罐子上還直往下淌血。她突然之間長出獠牙和尖利指甲，張開血盆大口……」

賀思慕舉起纖細的雙手，目露凶光佯裝要撲過去，那一圈孩子嚇得嗷嗷直叫。她頓時面色和緩，大笑起來，於是跑出去的孩子們又跑回來。

有個紮羊角辮的小姑娘戰戰兢兢地說：「姐姐，真的有鬼啊，鬼這麼可怕嗎？」

「當然有，我和沉英差點被吃了！以後要是遇見奇怪的人，尤其是雙眼漆黑沒有眼白的人，一定要趕緊跑。」賀思慕撫摸著心口，看起來心有餘悸：「我最怕鬼了，好幾宿睡不好覺，整夜做噩夢！聽說被鬼吃了的人，以後幾世運氣都會很差，可能一輩子都吃不上糖！」

那群孩子露出由衷的畏懼眼神。

「惡鬼就沒有怕的東西嗎？」一個胖胖的小男孩或許是怕自己跑不動，擔憂地發問。

「有罷，我聽我爹說，他們怕法器、符咒還有……」賀思慕想了想，說道：「他們的頭頭，鬼王。」

她身邊的藍衣小男孩驚道：「鬼王？鬼也有王？就像皇上那樣嗎？」

「差不多罷。我也是聽我爹說的，唯有鬼王可以和人類繁衍血脈，血脈生來便是惡鬼，比尋常惡鬼強悍得多，通常也會承襲鬼王之位……」

賀思慕正在和那群孩子們宣揚鬼界知識——實際上是她自己的故事，一抬眼卻看見段胥站在孩子堆之外，笑著看她。

他仍然穿著便裝，方勝紋的圓領袍，束著髮冠，垂下灰色的髮帶。今日陽光好極了，他站在燦爛光明中，有著一眼望到底的乾淨眼神，映著她的樣子。

賀思慕想起來，風夷告訴她段胥今年剛剛十九歲，可真是最明媚的少年時。

賀思慕露出開心的笑容，她站起來向段胥行禮道：「將軍大人。」

段胥同樣行禮道：「賀姑娘見多識廣，在下佩服。」

賀思慕十分謙虛，低頭說：「都是道聽塗説罷了。」

她將沉英和那些孩子驅散，轉身走向段胥，在他面前站定，一雙眼睛直直地看向他：「將軍大人，可是有什麼事？」

「我聽說賀姑娘身懷絕技，可以預見天氣。」段胥開門見山。

「只是小女子生來眼力較好，能辨風識雲，雕蟲小技而已。」

「不知姑娘可願意，做我踏白軍的風角占候？」

戰事講究天時地利人和，風角占候是軍中推演天時的角色。

賀思慕有些意外，心說有孟晚在中間懷疑，這小將軍不是應該防備著她麼？怎麼突然如此信任，將大事相托。

她作出受寵若驚的神情，說道：「要是能在將軍身邊，為大梁盡一份力，我自然是在所不辭的。將軍需要我做什麼呢？」

段胥不顧旁邊孟晚焦急的眼色，說道：「姑娘可知，這幾日哪天夜裡會颳東風？越強勁越好，最好兼有飄雪。」

夜晚，東風，飄雪。

賀思慕微微一愣，剎那間露出一絲悲憫的神情，彷彿猜到段胥將要做何事，不過那悲憫一瞬便消失不見，賀思慕換上原本的喜悅表情。

「此處地勢低又屋舍林立，對風多有遮擋。將軍大人若不介意，可否帶我上城牆觀風？」

孟晚終於沉不住氣，她原本就不解段胥為何向這樣一個來路不明的人尋求幫助，此刻更是怒火中燒。

「城牆涉及布防，是軍機重地，妳是什麼人，豈能想去就去？」

「我是什麼人，我不是踏白軍的風角占侯嗎，孟校尉？」賀思慕露出天真的笑容。

「妳！」

段胥制止欲上前的孟晚，他看了賀思慕一會兒，笑起來點頭道：「好，我帶妳上城牆。」

涼州府城的城牆修得高聳堅實，如同沉默的巨人，可這樣的巨人也沒有能抵擋住胡契人的來襲，更沒能保護住這一城的百姓。

從城牆上能看見不遠處寬闊的關河，天氣晴朗時，甚至能遠遠看見河對岸的丹支朔州。

城牆上守衛的士兵看見段胥來了，紛紛行禮道將軍。統管城牆布防的韓令秋韓校尉趕來，那是個精壯高挑的年輕男人，他臉上有一道駭人的傷疤，從下頷一直到額角，以至於看起來有些可怖。他神情嚴肅，雙手抱拳道：「段將軍。」

段胥點點頭，讓孟晚隨韓令秋去查看城牆布防，然後回頭看向那個拿著糖人的姑娘。她十分自然地走到了垛口邊，一邊望向遙遠的關河，一邊還不忘舔她的糖人。

城牆上不比城裡，冬日的寒風迅疾而猛烈，她的長髮被風拉扯著，斗篷裡也灌滿了風，彷彿吹開一朵藕粉色的桃花。

她一隻手放在城牆的磚塊上，冬日裡的磚塊摸上去應該如同刀割一般，她的指尖蒼白，指節同她的臉頰鼻尖一樣凍得通紅。可是她沒有拉好自己的斗篷，更沒有絲毫瑟縮。但凡是能感覺到冷的人，都不會如此。

賀思慕突然轉過頭來，說道：「城牆上所有的風果然一覽無餘。像白色蛛絲，疏疏密密布滿天地間，看不見來處也不知去處。」

像蛛絲一樣的風，奇妙的比喻。

段胥隨她的手指看過去，在凜冽寒風中道：「白色的風，如我袖口的顏色嗎？」

「是。」賀思慕笑起來，笑著笑著，她突然問道：「將軍大人，你有沒有心願？」

「心願？」

「對，心願。」

段胥微微一笑，坦然道：「平生所願，關河以北十七州回歸大梁所有。」

「……」

賀思慕面上神色不變，心想這是什麼冠冕堂皇的官樣文章，比關淮奉承她的話還不能當真。

段胥見她不說話，道：「怎麼了？」

賀思慕一臉哀容，推說她怕血，一想到收復十七州，天下血流成河就害怕。頓了頓，她突然湊近段胥，段胥面帶笑意不動聲色地後退半步，等著她的下文。

「我行走江湖，對頭骨頗有研究。」賀思慕指指著段胥的頭，不著邊際地說：「將軍大人生了一副好頭骨，後腦圓潤，顱頂高，額頭飽滿，眉骨高而眼窩深，還是雙眼皮。」

段胥挑挑眉毛，這聽起來實在不像是誇人的話，倒像是屠場裡挑牲口的經驗。

「地道的漢人頭骨並不長這樣。我聽我爹說，幾百年之前在比丹支還要北的北方，有一支叫做狄氏的民族，他們那裡的人頭骨才是如此。當年狄氏和漢人廝殺多年，你死我活血海深仇，可是如今世上已經沒有狄氏。狄氏融進了漢人的血脈裡，融進了您先祖的血脈裡。」

如今胡契和漢人亦是死敵，但最終他們的血脈將相融，百年之後成為父子兄弟，骨肉至親。

這世上的事情大多如此。恨極了的轉頭血濃於水，愛深了的貶眼陌路兩端，親疏反覆且無事長久。

你死我活的爭鬥或收復山河的壯志，都會化為雲煙。世事多無趣，何必這麼認真呢？

段胥凝視賀思慕一會兒，突然大笑起來，他扶著城牆，笑得彎下腰去肩膀顫動。

賀思慕納悶地看著他，只覺得這個話題沒什麼好笑的，這個少年怎麼笑得像個傻子。其實她的評價有失偏頗，段胥笑起來是很好看的。他眼睛明亮微彎，盛著滿滿的要溢出來的快樂，露出潔白的牙齒。

「抱歉，抱歉賀姑娘，我天生特別愛笑，並不是對妳的話有什麼意見。」段胥平復著笑意，直起身來對賀思慕說道：「我就是想起來，年幼時我喜歡去海邊堆沙子，無論堆多好的沙堡，海水一漲潮皆被沖散。當時我若能有姑娘這番見解，也不至於傷心了。畢竟沙堡沒有真正消失，只是歸於沙礫。」

「姑娘或如我，而我如沙堡。」他偏過頭，笑意盈盈地看著賀思慕：「我生前是沙，身後是沙，唯有一刻為堡壘，也只需為這一刻而活。」

百年以前如何，百年以後又如何，即便世間有輪迴他重活於世，那也不是他了。

賀思慕瞧了段胥片刻，他站在陽光燦爛處，蛛絲一樣密集的風纏繞在他身上，就像是繭裡的蝴蝶。

她內心感嘆著，凡人嘛，不過百年壽命，終究還是堪不破愛恨情仇。面上卻露出敬佩的神色，拍手稱讚。

段胥的目光落在她手裡的糖人上，他說：「方才我就想問了，姑娘手中的糖人，畫的可是……」

「神荼，沉英還有個鬱壘的，兩位門神大人。」賀思慕晃晃手裡那個被她舔得沒了半個肩膀的糖人，道：「前段時間半夜撞了鬼，沉英一直怕得不行。今日從孟校尉那裡多拿了些飴糖，我就畫了倆門神，據說惡鬼都怕這個，拿來驅驅邪。」

她說著，一口咬下神荼糖人的半個腦袋。

段胥忍俊不禁，他抱著胳膊搖搖頭，卻見賀思慕舉著那糖人遞給他：「要不要嘗嘗。」

琥珀色的糖人在陽光下晶瑩剔透，彷彿寶石一般閃爍光芒。穿過糖人的縫隙可以看見她的笑臉，坦蕩而熱烈。

於是段胥伸出手，掰下她未曾荼毒的糖人左腳放入嘴中。他微微皺眉，繼而笑開：

「賀姑娘，太甜了。」

賀思慕靠近段胥，逗他道：「將軍，是說什麼甜？」

眼前的姑娘面色凍得泛紅，笑容卻甜美。

少年的眸光閃了閃，但仍波瀾不驚道：「糖人。」

「甜嗎？」

「甜得過頭了。」

「各人口味不同，誰讓我嗜甜呢。」賀思慕又咬了一口糖人，她看向遠方冰凍的關河，突然說道：「四日後臘月初八，亥時東風夾雪。」

段胥明瞭，俯身行禮道謝，聽見她的聲音在耳邊響起。

「你一定要去嗎？」

段胥抬眼，便見那姑娘直直地望著他的眼睛，眼裡又流露出一絲悲憫。

「我聽孟校尉說將軍大人本不是踏白的將軍，臨危受命而已。以您的顯赫身世，多做斡旋，應當可以脫身回京。」

段胥嘆息一聲，道：「你們怎麼都這樣，讓我覺得彷彿是在螳臂當車，好生悲涼。姑娘放心，小時候我算過命，先生說我這一生將會逢凶化吉。」

賀思慕想，這人從給事中、宰執候選人到翊衛郎到邊關郎將到生死一線的將軍，可是盡逢凶了怎麼沒見化吉呢。

「你這不是螳臂當車，又是什麼？」

段胥微微一頓，輕鬆地笑道：「是雖千萬人吾往矣。」

賀思慕只好點點頭，順便吃掉最後一口糖人。

這倒是沒錯，沒有強悍的命格如何駕馭破妄劍呢？

小將軍可別死啊，破妄劍的主人，應當不止於此吧？

段胥一路將賀思慕送回她的小院，遠遠的就看見沉英抱著膝蓋，乖巧地坐在門口四處張望，見了她便兩眼放光地跑過來。

這孩子自從上次遇見惡鬼後，越發黏人了。

賀思慕告別段胥，牽著沉英走進院中，漫不經心地說：「糖人吃完了？下次還想吃什麼？」

「還想吃糖人！小小姐姐這次糖人畫得真好，就是太淡了，沒有什麼甜味。」沉英最近養得圓潤了些，拉著賀思慕的手撒嬌。

賀思慕的腳步頓了頓，低頭看向沉英：「沒什麼甜味？」

沉英是窮苦人家的孩子，從小就沒怎麼吃過糖，又實誠得很，他說不甜就是真的不甜。

方才段胥說這糖人甜得過頭，難道只是玩笑？

她心中一動，蹲下來對沉英道：「今天送我回來的小將軍，他的袖口是什麼顏色的？」

沉英想了想，舉起手指天道：「藍色的！天空的顏色。」

——白色的風，便如我這袖口的顏色嗎？

賀思慕沉默片刻，似笑非笑地把玩起腰間的玉墜。

好啊，小將軍在試探她，是她掉以輕心了。

他的直覺顯然比孟晚好太多，居然被他給探準了，這隻小狐狸。

她打發了沉英去玩，看著沉英漸漸消失在她的視線裡，從懷裡拿出那顆明珠，喚道：「風夷。」

過了一會兒，明珠裡發出聲音：「老祖宗，又怎麼了？」

「我還記得，你說過段胥在南都長到七歲，就被送回岱州老家祖母身邊服侍，十四歲才重歸南都。」

「沒錯。」

「南都沒有海，岱州離海更是隔了十萬八千里。他應該從沒見過海，他幼時是去哪裡的海堆的沙堡呢？」賀思慕顛著明珠，悠悠道：「這個傢伙，不太對勁啊，幫我好好查查他。」

段胥離開賀小小的小院門口，面帶笑意悠然往回走。快走到太守府門時，有幾個孩子在街上蹴鞠，一腳下去失了力道，藤球疾速朝段胥飛來。孩子們的驚呼聲剛剛響起，他更快地側身抬手，五指穩穩地抓住那藤球。

有個小男孩跑過來，段胥把藤球遞給他，這小孩仰著頭看向段胥，滿臉好奇道：「大哥哥，你怎麼笑得這麼開心呀？」

段胥蹲下來，笑意盈盈地摸摸他的頭：「今天遇見一個很有趣的朋友。」

「一個能看見風，卻很可能不辨五色，不知冷暖，不識五味的人。」

小男孩露出迷惑的神情，不解道：「好奇怪的人呀，這不是很可怕嘛！」

「可怕？哪裡可怕？」段胥偏過頭，笑容更加燦爛了：「這多有趣啊。」

小男孩哆嗦了一下，他現在覺得這個大哥哥也怪可怕的。

「將軍！」

段胥抬眼看去，看見夏慶生帶著一班士兵朝他走來。他站起身，夏慶生抱拳行禮，面露憂慮道：「將軍，這裡不比南都，您不能總是一個人行動……」

段胥拍拍夏慶生的肩膀，不反駁也不答應，只是道：「吳郎將來了嗎？」

「在裡面候著了。」

「好，我們進去。」

第四章 奇襲

其實按照道理來說，踏白軍的將軍之位應該是吳郎將，吳盛六的。

他出身貧苦人家，家裡排行老六，實在吃不飽飯才投了軍。在軍中這麼多年，他一向以勇猛聞名，校場比武從來沒輸過，領兵打仗更是不要命，不到三十就升到了郎將的位子，眼看著馬上就能統領一軍，了卻多年夙願。

誰知從天而降一個南都的貴族子弟，不到二十就與他並列郎將之位。踏白軍徐將軍戰死時，還當著數萬將士的面把踏白軍託付給這毛頭小子。吳盛六尋思肯定是段胥那顯赫的家族施壓，徐將軍才做出違心之舉。

大敵當前時他忍了，如今涼州已經收復，他對段胥便沒什麼好臉色，只盼他早日回去南都。畢竟這邊關刀劍橫飛，可不是細皮嫩肉的貴族子弟能受得了的。

此刻吳盛六站在太守府的大院裡，孟晚請他坐他也不坐，就抱著胳膊板著臉，不耐道：「老子還要回去練兵，有話快說！」

段胥帶著俊朗的笑臉，和和氣氣地走進院裡，在他後面守城的韓校尉也走了進來。

「這幾日吳郎將忙著操練士兵，辛苦呀。」段胥就像沒看見吳盛六這張臭臉似的，拍拍他的肩膀。他比吳盛六高出半個腦袋，氣勢上就壓了吳盛六一頭。

吳盛六更窒悶了。

段胥也不管吳盛六梗在院子裡，自己徑直坐下，拿起桌上的茶盞笑道：「現在孟校尉、夏校尉、韓校尉和吳郎將都在此了。說白了，我的人和吳郎將的人都在此處，此時大軍稍定，我想提一位校尉做郎將。」

吳盛六放下胳膊，看了看孟晚和夏慶生，面色不悅：「將軍是要提誰？夏慶生？」

「嗯。郎將以為如何呢？」

吳盛六氣不打一處來，這段舜息真以為踏白是他的踏白？才收復涼州沒多久，就急著在軍中安插自己人？

他一拍桌子，桌上的茶盞跳了起來，他氣道：「他夏慶生才在踏白打過幾場仗？」

「四場仗，以三千騎兵殺敵逾萬，士卒雖死未有後退者。」段胥答道。

大梁軍隊多年未有大戰，軍紀鬆懈，在抵抗丹支軍隊時常常潰逃，前期的踏白軍也不例外。段胥統領踏白軍後軍法極嚴，凡有避戰後退者殺無赦，死於軍法下的士兵有千百餘人。前段時間監管墳地分配受賄的士兵，都被他杖責四十。

這話戳了吳盛六的肺管子。他高聲說：「那是你把最精銳的兵都給了他，再說他打的那些仗，不都是跟著你……」

意識到再說下去就要誇起段胥來，畢竟踏白能奪回涼州，確實是段胥首功。吳盛六停下話頭，仰著下巴道：「老子不服，我韓兄弟在軍中三年軍功赫赫。我說句實話，段將軍你原先那郎將位子就該是韓兄弟的。如今你升了將軍卻要提拔別人做郎將，我不服！」

段胥轉頭看向韓校尉，這個高大話少的疤面男人立在風中，不過二十出點頭的年紀，卻沉穩得像是一塊黑色的石頭。他笑道：「韓令秋，你服氣麼？」

韓校尉似乎沒想到會被點名，他抱拳行禮，說服也不是說不服也不是，只好低眸道：「令秋全聽兩位大人做主。」

段胥凝視他一會兒，轉頭看向寬闊的院子。隆冬之際樹木蕭條，稀稀疏疏地分布在院子邊緣，顯得這闊氣的院子更大，院子地面由青磚鋪成，兩邊立著兵器架。這涼州太守生前也是個習武之人。

「聽說吳郎將熱衷比武未嘗敗績，可願與我一比？」段胥站起來，抬起胳膊拉伸筋骨，笑著望向吳盛六：「若是我贏了，就提我舉薦的人，若是你贏了，就提你舉薦的人。如何？」

吳盛六聞言只覺得這賭局正中他下懷，大笑起來說道：「大丈夫一言既出，駟馬難追，將軍可別食言。」

他力大無窮，武藝高超在踏白軍裡是聞名的。前幾場仗看下來，段胥會功夫，但貴族子弟無非就是些花拳繡腿。

吳盛六拿了他的武器長刀，昂首挺胸首先走進庭院正中。

坐在太守府大院屋頂上的沉英看著這一幕，不禁擔憂起來。

「將軍哥哥為什麼要同那個叔叔打架？那個叔叔比將軍哥哥壯多了，長得也凶，一看就很能打架，哥哥不是要輸嘛！」

他戴著段胥那日送給他們的帷帽，黑紗遮了大半個身子，賀思慕坐於他身側，二人之間的屋脊上還放著一碟瓜子。兩個人歪歪斜斜地靠在太守府屋頂上，邊嗑瓜子邊看戲。

賀思慕在那頂帷帽上施了咒法，戴上這頂帷帽便隱匿身形，無法被凡人所見。她自己更是有一百種方法隱身，此時她和沉英雖坐在屋頂上，但是院中眾人沒一個看得見他們。

她對沉英說這也是個戲法，沉英這好騙的孩子對此深信不疑。

「那吳郎將要輸。」賀思慕嗑著瓜子，悠然道。

沉英大惑不解地轉過頭來，問道：「為什麼？吳郎將看起來更強壯哎。」

「他頭骨長得不好看。」

「……頭骨？」

「是啊，我跟你說沉英，看人就得從頭骨看起。你看這人後腦勺扁，額頭也扁，顱頂不高，遠不如段胥那顆頭骨。」

「頭骨長得好，與武藝有什麼關係啊？」沉英一臉迷茫。

賀思慕笑著招招手，沉英乖巧地湊過去，她神神祕祕地對沉英附耳，胡謅道：「頭骨長得好看的人，命硬。」

沉英懵懂地點點頭：「原來是這樣。」

「吳郎將，煩請賜教。」段胥站在院中，輕鬆地向吳盛六抱拳行禮。

吳盛六敷衍地回了禮，提起長刀，擺開架勢，怒目圓睜，彷彿捕獵前的猛虎。

段胥則直直地站在原地，手裡拿著破妄劍，卻沒有拔劍出鞘。

「你拔劍啊！」

「該拔劍的時候，我自然會拔劍的。」

「那我就不客氣了！」吳盛六話音未落便舉刀向段胥而來，帶著雷霆之勢，他一聲怒喝：「看刀！」

段胥仍然紋絲不動，直到吳盛六離他僅有一步之遙時，他右腳微微後撤半步。

賀思慕瞇起眼睛。

段胥周圍的風發生了微妙的變化，那疏疏纏繞的蛛絲一樣的風出現扭曲，只是一瞬間的事。段胥借著後撤的半步迅疾而去，以不可思議的速度躲過吳盛六的刀，一個轉身衣袂飛舞間便來到吳盛六背後。

他提膝狠擊對方腰際，吳盛六下意識後仰，段胥抬手執劍越過對方脖頸，另一隻手攥住劍尾，往後用力一拉。

乾脆俐落的鎖喉，動作爆發須臾便止，兔起鶻落彷彿一道殘影。

吳盛六手裡的長刀「哐噹」一聲落在地上。

若此時破妄劍出鞘，落在地上的就不是刀，該是吳盛六的頭顱了。

一瞬寂靜後，段胥放開吳盛六，吳盛六捂著脖頸劇烈地咳嗽起來。

「承讓。」段胥抱拳笑道，他的呼吸平穩，那一擊必殺的招數沒有耗費他什麼力氣。

賀思慕的瓜子放在嘴裡，剛剛才想起來要咬下去。

沉英驚得站起來，差點沒站穩滾下去。賀思慕伸手拉住他，眼睛看著院中的段胥。

沉英踉踉蹌蹌站穩，揉了揉眼睛，再揉了揉眼睛，難以置信地說：「剛剛發生了什麼？我……什麼都沒看清呢，將軍哥哥就贏了？」

凡人的眼睛確實很難看清楚。

賀思慕漫不經心地笑起來，道：「發生了什麼？剛剛發生的就譬如一個六歲稚子張牙舞爪而來，被個成年男人一巴掌按翻在地。」

吳盛六和段胥之間的差距太大了，那差距並非在吳盛六引以為傲的力氣上，而在於反應、速度、策略。

還有經驗。

這小將軍，應當殺過很多人。

比吳盛六殺過的人，還要多上許多。

吳盛六此刻也難以置信，他捂著脖子坐在地上喘粗氣，眼冒金星遲緩地看向站在面前本應當細皮嫩肉，花拳繡腿的段胥，艱難道：「你……怎麼可能……」

「吳郎將以為南都來的高門子弟，都是混日子的。吳郎將高見，我們那裡混日子的不少，但是……」段胥彎下腰，把吳盛六從地上拉起來，笑道：「我可不是。」

待吳盛六在地上站穩時，再看段胥的目光便有所不同。雖然仍強撐著一絲不服氣，卻多了幾分好奇。

段胥將破妄劍放回腰間，道：「我知道郎將一直不服我，此前在戰場上卻不曾與我為難，是因為大敵當前，你知曉利害深明大義。我整肅軍紀你多有不滿，是因為你愛護士兵，覺得我太過嚴苛。可是吳郎將，我們和丹支精銳的差距之大你也知道，軍紀若不嚴明，只會死得更快。」

吳盛六臉上一陣紅白交替，沉默片刻咬牙道：「贏了就贏了，哪裡來這麼多話。我輸了，以後請夏郎將多多指教。」

他向夏慶生行了個潦草的禮，揉著脖子道：「將軍何時公布此事我絕無異議，也會支持夏郎將。沒其他事情的話，末將告辭。」

他這句話是從段胥進門以來，說得最客氣的一句話了，他還自稱末將。

韓令秋看了段胥幾眼，跟著吳盛六抱劍告辭了。

段胥抱著胳膊看著這二人離去的背影，感慨道：「吳郎將倒是真性情，不過以他這個脾氣作風，若到了南都怕是要被吃得骨頭都沒有了。」

陽光燦爛，下午的太陽明亮而溫和。沉英看著陽光下笑容燦爛的段胥，小聲說：「將軍哥哥好厲害啊。」

賀思慕則托著下巴，微笑著道：「不只是一顆好頭骨，還有一身好筋骨，妙啊。」

沉英摸著自己的腦袋，巴巴地問賀思慕：「小小姐姐，我的頭骨呢？我的頭骨好嗎？」

賀思慕笑起來，點點沉英的額頭道：「天庭飽滿，是個有出息的孩子。」

孟晚突然在屋簷下奇道：「天上在掉瓜子皮嗎？」

賀思慕笑笑，拎起沉英默不作聲地跑了。

關河對岸的朔州季城，陷落得出人意料。

夏慶生升了郎將，城中兵馬糧草往來頻繁，大家都在說又要打仗，大概是宇州戰事緊急，涼州的軍隊要去支援宇州。過了兩日戰報傳來才發現不對勁，踏白軍居然跑到關河對岸去了。

段胥領著吳郎將佯攻宇州北城，暗地裡卻派夏慶生趁著深夜風雪最大，胡契人射箭受阻之時度過冰封的關河，出其不意拿下朔州季城。

季城一被攻陷，段胥立刻放棄宇州北城，頭也不回地領著踏白大軍北上與季城的踏白軍匯合，在朔州與丹支軍隊打得昏天黑地。

這些消息傳到賀思慕的耳朵裡，她並不覺得稀奇，從段胥問她風向之時，她便知道他要做什麼了。

胡契人何等剽悍好戰，這小將軍打到丹支本土去，膽子也是夠大的，就不知道命夠不夠大了。

這些故事對沉英來說可不一般，他托著下巴一臉憧憬，吃瓜子花生的速度都慢了下來。他說道：「段將軍好厲害啊，他們都說段將軍是大梁第一個越過關河的將軍呢！」

賀思慕心想，是啊，無論從武功還是兵法來看，都不像是個三代文臣家門能培養出來的人。

「我以後也想成為段將軍這樣的人！我要保家衛國，為我爹報仇！」沉英捏緊小拳頭。

賀思慕吐了瓜子殼，轉過頭來打量沉英一會兒，心說這似乎也是個不錯的去處。

「你想跟著段胥嗎？」賀思慕問道。

沉英有些茫然，賀思慕想了想，便說下去：「這幾日我在城中看了看，大家過得都慘澹，沒什麼值得託付的好人家。段胥倒是不錯，我幫他看風算是幫過他，他若是能活著回來，我可以讓你跟著他。他家世顯赫，你在他身邊將來總不會餓著，說不定還能加官進爵。嘛……凡人不就是想要這些嗎？」

她說著說著，發覺沉英的眼神不對，眼淚汪汪了。他扯著賀思慕的衣袖說：「小小姐姐……妳要把我丟給別人嗎？我……我想跟著妳……我可以少吃一點飯……花生瓜子也不吃的……」

賀思慕冷靜地看了沉英一會兒，擦掉他臉上的淚珠，和顏悅色斬釘截鐵道：「那也不可以。我早說過，只會照顧你一陣子而已。」

開玩笑，生死殊途，活人怎麼能一輩子跟著個死人。

沉英挎著小臉，沉默不語了。

賀思慕揪揪他的臉，道：「你想跟著段胥就能跟啦？他說不定死在朔州回不來了。」

沉英抬起眼睛，喪喪地「啊……」了一聲，彷彿受了第二重打擊，不能接受自己的英雄可能會死的境況，「要是將軍哥哥死了，我們怎麼辦呢？」

賀思慕想，這是個好問題。她對段胥這個人還有諸多好奇，若是他死去且變成遊魂，鬼冊上有了他的名字。那他的生平對她來說便是一覽無遺。

她倒是有些期待。

再來是他手裡的破妄劍，她可不想她姨父、姨母的寶物，跟著他一起埋在地下不見天日。

於是賀思慕問沉英道：「你還記得前幾日，我們跟街坊聊天時，有個人是嗩吶匠的遺孀……叫……」

「遺孀？是什麼？」沉英露出困惑的表情。

「就是死了丈夫的人。」

「噢噢！宋大娘？」

「對，你去請她過來嗑瓜子，順便把她家的嗩吶也帶來。」

沉英乖巧地跳下板凳，一溜煙跑掉了。

沒過多久，他把一個四十歲上下的婦人領進院子。那婦人手上提著個盒子，頭上還戴著白花，身材微微發福而顯得笨重，神色低落。

她撩起簾子走到賀思慕所在的房間裡，賀思慕招呼她坐下，她便坐下把盒子放在桌上，問道：「姑娘要嗩吶做什麼……我最近看見這東西，總是很傷心。」

她撫摸著那盒子，說道：「我家那個給人做了一輩子的紅白喜事，臨了卻沒人給他吹喪曲……」

這宋大娘的丈夫，是此前城中唯一的嗩吶匠，死於屠城之中。

賀思慕把瓜子花生擺到她面前，安靜地等她整理好情緒，這才開口。

「宋大娘，能不能把這嗩吶借我吹一下？」

宋大娘驚訝道：「賀姑娘會吹嗩吶？」

「以前學過一點。」賀思慕笑道。

宋大娘立刻應允，賀思慕拿了嗩吶潤了哨片，認真回憶了一會兒，抬手便來了個〈百鳥朝鳳〉。

宋大娘十分驚奇，一邊聽一邊拍手，一邊紅了眼眶，只道她以為再也聽不見這嗩吶吹響了。

「宋大娘，妳聽我這曲子可還在調上？」賀思慕吹完一曲，問道。

宋大娘忙不迭地點頭，說：「姑娘技巧真好，都在調上。」

賀思慕又問沉英，沉英一雙眼睛亮晶晶的全是仰慕。他也說吹得好，沒走調。

萬幸還湊合，她可聽不出調子準不準。

賀思慕便問宋大娘這嗩吶能不能借她一陣。

「妳要嗩吶做什麼呢？」

「我有個認識的人凶多吉少，若他死了，我打算送送他。」賀思慕輕描淡寫地說。

想來他若死了，靈柩定要從涼州運回南都，路上都沒個送葬的曲子，也怪淒涼的。

喪曲一首，換回他的破妄劍。

反正那時他也是死人，沒法抗議了。終究是一物換一物，沒違背她的原則。

人還沒死，賀思慕已經完成了出殯的籌畫，並拿半籃子雞蛋換了這嗩吶一個月租期。

沉英把宋大娘送出門，蹦蹦跳跳地跑回來，他踮著腳趴著桌子，看著盒子裡的嗩吶滿眼好奇，「小小姐姐，妳怎麼什麼都會啊！還會吹嗩吶！」

「閒得沒事做唄。」賀思慕拿起嗩吶，在手裡轉著：「這還是小時候我父親教我的，他幾乎沒有不會的樂器。」

雖說她生來就是惡鬼，繼承鬼王之位前卻在人世裡被養大，她的父母似乎很希望她像一個活人。以至於她現在勉勉強強，也能裝人裝得不露餡兒。

當然，遇上段胥那個小狐狸就另說了。

「小小姐姐，妳的父親是做什麼呀？」沉英跳上小凳子，坐得端端正正地問道。

賀思慕想了想，嗩吶在手裡轉了幾個圈，她才找到差不多的形容：「我父親啊……從前是個屠戶總管。我家鄉啊有個地方，生活的全是屠戶。」

她爹，先鬼王要是聽見她這個比喻，定要拍手叫好道絕妙。

「啊，屠戶，就像街上賣豬肉的張屠戶？」

「差不多罷。」賀思慕笑起來，眼神有些漫不經心：「屠戶可是難管得很啊。」

「那小小姐姐的爹娘，是怎麼去世的啊？」

沉英還是童言無忌的年紀，有什麼問題想問就問，並不知道有些問題是不合時宜的。

賀思慕瞧了沉英一眼，沉英被她眼裡的陰雲嚇到，噤聲不語。

她只是笑著忽略了這個話題，叫沉英去街上給她打二兩醬油，沉英立刻如蒙大赦地跑掉。

待沉英走出小院後，賀思慕從懷裡拿出顫動的明珠，問道：「風夷，怎麼了？」

「來跟您老報告情況呀。」那頭傳來年輕男人歡快的聲音。

「我又細細查了段舜息一番，段家四個孩子，他是段家三公子，小時候便有才名，能過目不忘，背下百餘首詩詞歌賦。他七歲那年岱州祖母生了場重病，他被送到祖母身邊侍候，這段時間他常有文章流出，在岱州十分出名。這些經歷都還算尋常，唯一不尋常的，是他十四歲從岱州回京時，遭遇了劫匪。」

「他的侍從僕人全被殺死，唯有他死裡逃生，一路跋涉來到南都。自此才在南都安頓下來。」

賀思慕指節在桌子上扣著，若有所思地說道：「他的侍從僕人全死了，唯有他活了下來？段家老太太後來如何呢？」

「段舜息到了南都沒多久，老太太就去世了。」

如此說來在岱州七年間認識他的人，幾乎都不在世上了。

真是好巧啊，世間竟有如此巧合嗎？

還是說他想隱瞞什麼呢？

賀思慕嗑著瓜子，心想這小將軍還真是個寶藏，越挖東西越多。正好她最近有點餓，可以去朔州前線去覓個食。順便去瞅瞅這小將軍活得是否安好。

夜色深沉，朔州府城之前，殺聲震天，刀劍交錯。

賀思慕隱匿了真身，在刀劍紛飛血肉相搏之間慢悠悠地走著。她穿著她最喜歡的紅白間色曲裾三重衣，腰間的玉墜閃閃發光。

接連不斷的死亡，接連不斷的魂火閃耀，明燈升空，往生輪迴。血色漫天的沙場，在惡鬼眼裡如同一場放天燈的盛大節日。

她蹲在地上，選中了一個頭骨飽滿奄奄一息的胡契人，雙指在他眼上一抹，他眨了眨眼便看見面前這隻惡鬼。

「我可以完成你一個願望，然後吃了你。你可有什麼想要的？」賀思慕以胡契語問他道。

見他露出迷茫神色，她再以胡契語簡短地陳明了利弊。只見那胡契人一手抓住她的衣裙，顫巍巍地喚道：「蒼神大人……」

賀思慕偏過頭：「我不是什麼蒼神。」

「蒼神大人……殺了那個……傢伙！」那胡契人舉起手指，滿是血汙看不清長相的臉上，唯有眼裡的仇恨和憤怒清晰。

賀思慕順著他的手指看去，她眼中被魂火照得亮如白晝的世界裡，段胥騎著一匹棗紅色的駿馬，披甲持刃在人群中廝殺，血濺三尺。

他的神情平靜冷淡，沒有憤怒或者仇恨。不過在那一派平靜的湖面之下，似乎隱藏著什麼。

隱藏著什麼，她看不清。

「你要我殺那個人？」賀思慕指著段胥，轉頭對她的準食物說。

「殺了……殺了他！」胡契士兵怒吼，聲嘶力竭，然而被漫天殺聲淹沒。

倒是個志向遠大的士兵，懂得擒賊先擒王的道理。

賀思慕站起身來，身形一閃出現在段胥的馬前。段胥的棗紅馬感覺到陰森死氣，突然揚蹄疾止，半個馬身躍起。

段胥迅速勒馬，穩穩地蹬著馬蹬，馬蹄在賀思慕面前轟然落下，濺起塵土飛揚。

賀思慕背著手，抬頭看著馬上的段胥。段胥一貫愛笑的眼睛裡流露出一絲疑惑，他微微皺眉，看著馬前一派正常的空氣。

「段胥。」賀思慕這樣說道，聲音不大，不過再大他也聽不見。

他們對峙的這一瞬間，空氣彷彿凝滯。漆黑的天色亮起來，於無名處突然飛來無數鮮紅的鳥，翅膀描繪著栩栩如生的火焰紋，如同天降大火鋪天蓋地而來。

正在酣戰的丹支軍隊大為驚悚，紛紛丟了兵器向後潰逃，一時間膠著的戰場呈摧枯拉朽的傾倒之勢。大梁軍隊軍鼓震天，士兵舉著兵器大肆砍殺，如同風暴席捲而去。

那些潰逃的胡契人一邊逃一邊看著天上的紅鳥，唯恐紅鳥落在身上，口中大喊著胡契語。

晨光中，滿身血汙的段胥輕輕地笑起來，他的臉上還有血痕，但眼睛微彎，露出潔白的牙齒。

天真而輕鬆的一個笑容，完美得像是假的。

在遮天蔽日的紅色中，他微微張口，吐出幾個簡單的音節。然後拍馬而去，從賀思慕身邊經過，披風飛舞像是一陣迅疾的風。

賀思慕回頭看向他衝進敵軍的身影。她微微瞇起眼睛，手裡的玉墜一圈一圈轉著，藍色的鬼火閃爍。

剛剛段胥說的是胡契語。

那句話和潰逃的丹支士兵們，震驚恐懼而大喊的話語含義相似，段胥說得十分清晰而且地道。

就像是母語一般。

——蒼神降災，燃盡眾生。

賀思慕走向她的準食物，那個匍匐在地上的胡契士兵眼露驚恐，望著天上鋪天蓋地的紅鳥。賀思慕拍拍他的肩膀，在他耳邊道：「恭喜你，下輩子好運依然與你相伴。」

交易駁回。

段胥活在這個世上，或許會更有趣些。

段胥。

他真的是段胥嗎？

段舜息會是一個出身文臣世家，志向宰執之位，卻身懷絕佳武藝，騎術高超，還會說地道胡契語的人嗎？

又或許真正的段舜息，已經和他的僕人們一起死在十四歲那年，從岱州到南都的路上了。

賀思慕回到涼州府城，重歸她借用的身體裡時，已經是日上三竿，她揮動著胳膊腿從床上坐起來。

昨天她特意囑咐過沉英，讓他早上去宋大娘那裡吃飯不要驚擾她，以這個風平浪靜的情況看沉英很是聽話。

正在賀思慕這麼想時，這不禁誇的孩子就把她的門板拍得震天響，喊道：「小小姐姐！有捷報！我們攻下朔州府城啦！」

這語氣，聽起來像是他自己上戰場打下來的。

賀思慕穿好衣服下床，推開門時沉英一把抱住她的腿，興奮地仰起頭來：「小小姐姐，段將軍打下朔州府城啦！他還活著！」

賀思慕彎下腰刮刮他的鼻子，道：「這和你有什麼關係？」

沉英開心地傻笑著，一指門外：「將軍哥哥派人來接我們啦！」

「……」

賀思慕意外地挑挑眉，沉英不由分說就拉著她的手一路小跑，跑到小院門口，指著門外的馬車說：「姐姐妳看呀！大馬！多好看的馬車！」

街道兩邊已經圍了一大圈駐足觀望的百姓，議論紛紛這是怎麼回事。馬車邊的韓校尉抱拳，向賀思慕行禮道：「賀姑娘，將軍托我給您帶句話。」

賀思慕行禮道：「校尉請講。」

「朔州府城已破，姑娘觀風獻策居功甚偉，特此拜請姑娘繼續為踏白占侯，前往朔州。」

「將軍知道，姑娘性嬌弱、怕血腥、淡世事，但是將軍承諾保您免勞苦、得周全，且不強求。」

韓令秋如同背誦一般說出這段話，然後彎腰向賀思慕一拜：「姑娘可願？」

賀思慕微微瞇起眼睛，她笑意盈盈地看著面前這個男人，和他身側高大的馬車。能在此刻來到涼州府城，怕是朔州剛破段胥就讓韓令秋來接她了。

段胥是決定要跟她把這局遊戲玩到底嗎？

賀思慕想起那漫天紅鳥和明燈之下，段胥笑意盈盈地說出「蒼神降災」的神情。她也笑起來，伸出手去，懸在半空，「將軍盛情邀請，民女卻之不恭。」

韓令秋托住她的手，賀思慕略一用力便登上馬車。沉英跑回去收拾幾樣東西，也跟著上了馬車。

賀思慕一看，這小子居然把段胥給的帷帽，還有她租的嗩吶都帶上了。沉英抱著這些東西，期期艾艾地說：「以後說不定能用上呢。」

嗯……再去隱身聽牆角，或者是給段胥送終麼？

賀思慕揉揉沉英的頭，道：「真是個省心的好孩子。」

涼州對岸就是朔州季城，季城和朔州府城一線已經被踏白軍打通，其間五城盡歸大梁，季城與府城間有直通的官道，走起來很快。

賀思慕坐在搖搖晃晃的馬車上，閉目養神。沉英趴在車窗邊看著窗外景象，喃喃道：「原來這就是丹支啊……」

賀思慕抬眼從車窗望去，朔州建築的風格和涼州如出一轍，都是黑灰色的小瓦青磚斗子牆，磚石混砌的街道，只是街邊多了一些胡契文字的招牌和店鋪，凡是有胡契文字的店鋪都建得富麗堂皇。

這些店鋪門臉上還繪有火焰紋，與昨夜她見過的那些紅鳥身上的紋路有些相似。

那是胡契人信奉的神明——蒼神的圖騰，丹支在胡契語裡的含義，便是「蒼神的偉大國度」。

沉英張望了一會兒，回過頭來對賀思慕說：「小小姐姐，我聽我爺爺說，我家祖籍其實是朔州鹿城。我太爺爺在世時大晟朝還在，胡契人也還沒有來，整個朔州都是我們漢人的。」

「後來胡契人打過來了，滅了大晟朝，我太爺爺就帶著家人南逃到了涼州。錢花完了，土地沒有了，後面連飯也吃不上。」

「爺爺還在的時候，偶爾會跟我說起朔州。他說他這一輩子，連同我這一輩子，可能都沒有辦法回到朔州了。但是我回來了哎！我回到朔州了。」

沉英看起來有點難過，也有點雀躍，他望向遠方，小聲地說：「我還想去更遠的地方看看呢。」

賀思慕胳膊撐在窗戶上，漫不經心地看著沉英。她心念一動便可去往這世上任何地方，莫說朔州，關河以北十七州乃至北冥她也去過。

她並不在意戰亂，更不在意距離，但是這對於沉英這樣的凡人，是一生不可跨越的溝壑。

凡人真是渺小而可憐，一生所能窮盡的路途不過咫尺，須臾便化為枯骨。

她摸摸沉英的頭，沉英挨著賀思慕坐下。

馬車趕路趕到一半，突然有人聲嘈雜，馬車劇烈地搖晃了幾下，把沉英從睡夢中驚醒。他一下子跳起來，道：「怎麼了怎麼了？」

只見賀思慕放下窗簾，收回身子從容道：「我們被伏擊了。」

「伏擊！胡……胡契人？」沉英話都說不利索。

「沒錯。」

車門外傳來兵器相交的乒乒乓乓聲，正有一場惡戰，沉英縮在賀思慕身邊不敢出去，他小聲問：「我們到哪兒了？將軍哥哥會來救我們嗎？」

「到朔州府城還早著呢。我剛剛看埋伏的人少說一百個，我們這裡只十幾人，小將軍是遠水解不了近渴嘍。」

賀思慕笑道，心說這伏擊的人和段胥有沒有關係還不一定呢。

沉英慌忙道：「那我們怎麼辦？胡契人是不是要抓妳回去給他們看風？」

「那就去唄，幫誰看風不是看風。那胡契人要我幫忙總不會少了我們口糧，你還是能吃得上飯的。說不定比在涼州還舒服。」賀思慕漫不經心地說著，說著說著卻發覺沉英眼神變了。

他驚訝地看著賀思慕，腮幫子氣得鼓了起來，一字一句道：「小小姐姐妳怎麼能幫胡契人！」

「他們把我太爺爺從朔州趕到了涼州，為什麼他們自己有家，還要搶別人的家！為什麼我們都逃了，他們還要跑來涼州，為什麼要殺我爹！我們祖祖輩輩都活在這裡，為什麼要受他們欺負！小小姐姐妳還要幫他們！我不要，我死也不幫他們！」沉英說得氣勢如虹，但是眼淚止不住地往下掉。

他拉住賀思慕的手，哭道：「小小姐姐，妳也不要幫他們好不好？」

賀思慕目光沉靜如水，看著沉英哭花的小臉。外面還有紛紛刀劍聲、呼喊聲，馬車搖晃著，如同沉英動盪不安的心。

「唉……好吧。」賀思慕長嘆一聲，她安撫地拍拍沉英的肩膀，笑道：「幸好旁邊是座山，山上有不少荒墳野塚。」

「什麼？」沉英露出迷惑的神情。

賀思慕捏起手指，煞有介事地說道：「我能掐會算，這墳裡的漢人祖宗們也見不得自家兒女受這種氣，要從墳裡跳起來打胡契人的頭呢。你快閉上眼睛捂住耳朵，默數一百個數，他們就把胡契人趕跑啦！」

沉英立刻聽話地閉眼捂耳朵，開始默數。

賀思慕目光微微放冷，她腰間的燈形玉墜發出幽幽藍光，繼而飄浮起來變大，化為一盞六角冰裂紋琉璃燈。

賀思慕雙手抱住這盞令眾鬼聞風喪膽的鬼王燈，下巴擱在燈頂上，喃喃說道：「一百來號人，五隻惡鬼夠吃嗎？」

燈盞中燃起藍色的火焰，是為鬼火。

「還是直接放火比較簡單呢？」賀思慕抬起手，食指在空中一轉，脆脆地打了個響指。

第五章 試探

朔州府城之中一片忙亂，士兵打掃戰場，百姓收拾街道。段胥站在城外軍隊營帳之前，他仍然穿著鎧甲，不過臉上和身上的血跡已經擦乾淨，孟晚則站在他身側。

段胥抬起雙手，雙手合十，五指交叉擱在唇上，再分開，再交叉。

雖然明白這是他思考時慣有的習慣，不過有時候孟晚會不知道他在想什麼，她試探著問道：「舜息，你在擔心韓校尉和賀小小嗎？」

剛剛傳來消息，韓令秋去接賀小小來朔州的路上遭遇丹支襲擊，目前斷了聯繫。如今已經是第二日的早上，韓校尉和賀小小還沒有音訊。

段胥轉過眼來，原本放空的眼神凝聚起光，他笑著搖搖頭。

「我不擔心賀小小。」

「那你是……」

「報！」探子飛奔而來，在段胥面前跪下，道：「稟報將軍，韓校尉和賀姑娘的馬車來了，半柱香便能到府城。」

段胥朝孟晚笑笑，道：「我說吧，不必擔心她，派人去迎接罷。」

孟晚見到馬車時吃了一驚。這馬車是原本朔州富戶家中的，那富戶也是漢人，見大梁軍隊來十分欣喜，主動獻出自家的馬車供驅使。

所以這馬車原本十分富麗堂皇，如今卻深一塊淺一塊染了不少血汙，窗簾燒沒了半邊，馬車壁上還插著兩支箭。韓令秋負了傷，左胳膊垂在一邊，血汩汩流下來。可見曾經戰況慘烈。

「韓校尉，你們沒事吧？」孟晚從馬上跳下來，走到韓校尉面前。

韓令秋搖搖頭，簡短道：「路上遇見丹支軍隊伏擊，受了點小傷。」

「我們剛剛收到消息了，有多少人？你們怎麼把他們擊退的？」孟晚焦急道。

「大概一百人……我們原本寡不敵眾。當時我們在山邊，突然從山上滾落藍色鬼火……不燒樹木禽獸只燒人，敵人多有傷亡便退卻了。」

「那你們呢？」

「……說來也奇怪，那火都沒有燒在我們身上。」

馬車裡傳來長長的嘆息聲，是賀思慕的聲音：「那山上有許多墳墓，想來是先祖發怒了罷。」

這……大白天的鬧鬼？

孟晚不禁多看了那馬車幾眼，賀小小怎麼總是和鬧鬼的事兒攪到一塊？此刻她不僅覺得賀小小居心叵測，還覺得她大約不太吉利。

待馬車到了段胥跟前，賀思慕終於撩起門簾。韓校尉和士兵們都是一派灰頭土臉，她卻完好無損，那張甜美可人的臉上還帶著笑意，只是臉色看起來有點蒼白。

不過她的從容不迫並沒有持續太久。

在她下馬車時腳下突然一軟，揮著胳膊踉踉蹌蹌直接跌進了站在她面前的，段胥的懷裡。

這噗通一聲砸得結結實實，幸而段胥身子穩，不然得被她撲到地上去，一時間周圍一片寂靜。

孟晚臉色青了。

段胥驚訝地睜大了眼睛，繼而微微挑眉，與賀思慕拉開一點距離。

他抬起手放在她的額頭說道：「小小姑娘，妳生病了，妳在發燒。」

頓了頓，他笑起來道：「妳沒有感覺到嗎？」

沒有感覺到？

這小狐狸又開始試探了。

賀思慕眸光微微閃爍，她望了段胥片刻，繼而委屈地抹眼睛，道：「我路上太害怕了，見了您才放鬆下來，現在確實感覺不太舒服……」

說著她頭一歪，索性倒在段胥懷裡。

……這丫頭演得還挺像！孟晚咬牙。

其實賀思慕算是演戲，也不算演戲，因為這身子確實不大好控制。她最初以為是離開這身子的時間有些長，待段胥言明時她才意識到，這身子是病了。

生病，可是附身時一等一的頭疼事。

賀思慕蓋著被子靠在床上，這是朔州府城之中，漢人富商特地給她收拾出的一間溫暖屋子，火爐裡的火烘得旺旺的。大夫給她診著脈，問道：「妳最近可有感覺睏乏，四肢無力，小腹疼痛？」

「……」賀思慕笑得溫婉，說道：「好像有一點。」

「畏風畏寒，食欲不振？」

「有一點。」

「胸悶氣短……」

「有一點。」

賀思慕維持著不變的笑容，無論大夫問什麼，她都是統一的回答——有一點。

這具身體難不難受是一回事，附身其上的惡鬼難不難受是另一回事。惡鬼連冷暖都感覺不到，更別說疼痛、難受、胸悶氣短這些過於高級的感受了。

按照賀思慕慣常的經驗，被她附身的人若是生病，多半還是得讓原主醒過來陳述病情，不然小病也能折騰成重症。

幸而這回大夫是軍醫，不能說話的病患見過不知多少，見賀思慕回答得不著邊際便不再追問，俐落地捨棄了「望聞問切」的「問」這一項，給她開了藥。

賀思慕坐在床上百無聊賴地給沉英講鬼故事，等著藥熬好。

門被敲響，輕快的三下。賀思慕頭也不抬地說道：「請進。」

原本被鬼故事嚇得小臉煞白的沉英喜出望外，跳起來大喊將軍哥哥，賀思慕這才抬起頭來看過去。

段胥端著一碗冒著熱氣的藥站在房間中。他沒穿盔甲，身著輕便的圓領袍，和她對視的時候明朗一笑。

「姑娘，喝藥了。」段胥坐在賀思慕床邊。

賀思慕讓沉英先出去，她接過他手裡的湯藥，他手指上的傷痕已經結痂，在白皙的皮肉上留下深淺不一的痕跡。讓人不禁猜想他的衣服之下，那些看不見的地方應該有許多傷痕。

這說不定也是一種有意的引導——以他的武功，在亂軍中殺個三進三出或許還能留有餘裕，又有幾個人能傷他？

賀思慕在心裡暗暗想著，面上卻露出受寵若驚的笑容，說道：「這種小事怎好勞煩將軍大人。」

「妳是我軍中的風角占候，也是踏白的功臣，妳生病了怎麼能算是小事。」

「這難不成是踏白的慣例，夏郎將受傷了，將軍也會親自端藥給他麼？」

「那倒是不會。我聽孟晚說妳喜歡我，想來我送藥妳會更歡喜。」

「妳喜歡我」四個字一出，賀思慕一口湯藥噴了段胥滿臉。

黑色的湯汁順著段胥輪廓分明的臉一滴滴往下流，像是從墨池裡拎出一塊水玉。

他眨了眨眼睛，哈哈大笑起來，彷彿詭計得逞的孩子似的。

賀思慕面對段胥這莫名的歡樂一時無言，只好掏出帕子，一邊扶著他的臉一邊拿帕子在他臉上不停地擦拭，嘴裡連聲道抱歉。段胥也不推辭，任她給他擦著臉上的藥汁，一雙明亮的眼睛含笑望著她。

賀思慕的手從段胥的下頜骨移到顴骨，稍微用了點力氣探他的骨骼，心想這小將軍的頭骨果然長得不錯。

段胥觀察到她的目光移向自己的臉側，微微仰起頭，悠悠一笑。

「原來如此，姑娘喜歡的不是我，是我的頭骨麼。姑娘莫不是喜歡收藏頭骨？」

這對話，都可以接上她剛剛和沉英說的鬼故事了。

雖然說關於她這隻鬼的故事裡，她確實是很喜歡收藏頭骨，藏品上百。

賀思慕微微一笑，說道：「我只是常年浪跡江湖故而有些怪癖罷了。哪裡能比得上將軍你，十四歲就能從賊寇土匪手中逃脫，長途跋涉上百里去南都。」

段胥目光微微閃爍，笑道：「妳調查我。」

「彼此彼此，你也不遑多讓。」

「如此，妳有什麼結論呢？」

「你對我又有什麼結論呢？」

賀思慕捧著段胥的臉，她褪去了膽怯溫順的外殼，直截了當地凝視著他的雙眼，拉近他的臉龐。

在幾乎要耳鬢廝磨的距離，她低聲說：「咱們是提著影戲人子上場——好歹別戳破這層紙罷。」

她停頓片刻，鬆開捧著他臉頰的手，與他拉開距離。

剛分開不過兩尺之遙，段胥突然扶著賀思慕的肩膀，把她再次拉近，他在她耳邊道：「或許有千層紙，戳破了這一層，還有下一層呢，賀姑娘。」

他說完這句話便遠離她，少年笑得開朗，好像剛剛那些綿裡藏針的試探都是假的似的。

「在我這裡，姑娘是失卻五感的奇人異士，我雖不知姑娘所圖為何，但願意相信妳。姑娘既然幫了我，我便拜姑娘為上賓好生照拂，如此而已。」

賀思慕抱著胳膊，打量段胥一會兒，道：「小將軍，你怎麼知道我這個奇人異士會一直幫你呢？說不定我扭頭就去幫丹支了。」

「哦？我觀察之下，他們的頭骨並不好看，想來不能像我這般入妳的眼。」

這小將軍真是伶牙俐齒。

「你如此篤定？」賀思慕問道。

「我並不篤定。」段胥偏過頭，笑著說：「只是生性好賭，而且運氣不錯，總是能逢凶化吉贏了賭局。」

「你覺得你能賭贏？」

「不賭總是不會贏的。」

段胥右手拿著藥碗從容地站起來，左手背在身後略一俯身行禮，說再給她盛一碗藥，便轉身離去。

賀思慕看著他的輕快步伐，喃喃道：「還真是張千層紙。」

人說君子如玉，他的氣質卻是比玉更透明輕亮的東西，彷彿水玉。

這大概歸功於他含著一層光芒的眼睛。

但實際他卻是寒潭千尺，深不見底。

這雙眼睛還真是會騙人。

喝了藥之後賀思慕覺得這身體的控制順暢了許多，幸而大夫診斷她只是偶感風寒，並沒有病得太嚴重。第二日她便下床，裹著厚厚的絨毛斗篷從房間走到了小院中。

朔州雖在關河以北，氣候卻和涼州差不多，這富戶的院子裡種了許多國槐、楓樹和梅花樹，青石地磚灰色院牆，此時梅花含苞待放，倒是個風雅的門庭。沉英蹦蹦跳跳地跑過來拉住她的手，他擔憂地看著賀思慕說道：「姐姐，妳沒事罷。」

「沒什麼大事。」

沉英點點頭，又皺起眉頭：「小小姐姐，妳昨日和將軍哥哥聊了那麼久，不會是要把我交給將軍哥哥罷？」

賀思慕搖搖頭，她在走廊的長椅上坐下，說道：「就目前這個形勢，段胥實在是凶多吉少。我還不至於把你往火坑裡推。」

「姑娘這話是何意？」

賀思慕轉頭看去，一個白衣的年輕男子站在院子裡，目光灼灼地望向他們。

或許不是白衣男子，淺色衣裳在她眼裡都是白色就是了。他的衣服上繡著精緻的松柏與蒼山紋路，頭髮半披於肩，長得高大輪廓堅毅，是個相貌周正的年輕人。

賀思慕的目光在他的頭上轉了一圈，骨相也不錯，比起段胥自然是差了一點。

他向賀思慕行禮道：「賀姑娘好，在下林鈞，朔州人士。」

林鈞，原來他就是這座宅子的主人林老闆。

這位朔州有名的漢人富商林家少當家，便是那倒楣催的，被她幾乎毀了的馬車的主人。自從段胥入主朔州府城以來，林家一直鼎力支援段胥，並提供踏白軍大量物資。賀思慕這個風角占侯生病，也是他主動提供休養的地方。

不知林家從前受了丹支多少氣，竟如此歡迎大梁軍隊到來。

賀思慕回禮，聽見林鈞追問道：「賀姑娘剛剛說，段將軍凶多吉少，這是什麼意思？」

賀思慕凝視林鈞片刻，胳膊搭在美人靠上笑道：「林老闆和踏白軍走得這麼近，應當比我清楚罷。踏白全軍才多少人？涼州也要保，朔州也要攻，他段將軍長了三頭六臂也不能變出更多的人來。」

「踏白能夠奪下朔州五城靠的是出其不意，攻其不備。可丹支為什麼會無備？因為段胥走的本是一條找死的路，踏白在朔州兵力不過五萬，丹支卻有二十萬大軍等著南下。除了府城城牆高厚，兩面環山一面背水易守難攻之外，其他四城根本無險可守。很快其他四城就會重新回到丹支手裡，而我們都會被困死在朔州府城。」

「朔州府城是丹支向宇州增援的必經之路，丹支一定會死攻，段胥或許會撤退或許會死守。若段胥死守這裡便有一場慘烈的血戰，假設不日朔州重回丹支所有，林老闆，你的下場又會如何呢？」

賀思慕說完這一大段話有些咳嗽，沉英的臉都嚇白了。他跑到賀思慕身邊給她順氣，小聲道：「那小小姐姐妳……妳怎麼還答應來朔州啊……這麼危險……」

為什麼？那當然為了段胥的邀約和覓食啊。

賀思慕沒一點擔心的樣子，只是笑著點點沉英的額頭道：「現在知道害怕了，當時我就說去給丹支人看風也挺好，你還不信。」

林鈞目光閃爍，他凝視著賀思慕，一言不發。

有一管家模樣的老者快步走到院子裡，向林鈞和賀思慕行禮，說道：「老爺、賀姑娘，段將軍到了，在前廳候著。」

林鈞點點頭，他轉身想走，剛邁開步子又停下，回過頭來看向賀思慕。

「賀姑娘，是不是覺得我林家家大業大，即便在丹支也過得非常風光？妳沒見過我的父輩還有我，是如何經受羞辱還要勉力討好那些胡契貴族的。我們漢人在他們胡契人眼裡，只是奴才罷了，或許連一條狗都不如。」

他挺直後背，像有一股氣將他撐起，他一字一句道：「我們林家人是人，不做奴才，更不做狗。」

說罷他拂袖而去，賀思慕摟著沉英，微微瞇起眼睛看著他的背影，這還是個血性的老闆。

她跟著管家的指引，隨著林鈞來到前廳。段胥和韓令秋正身披鎧甲站在前廳中，林鈞快步迎上去向他們二人行禮，然後有些擔憂地轉向韓令秋，問道：「韓校尉，你身體如何了？」

韓令秋的左胳膊還有些抬不起來，他行禮道：「正在恢復中，已無大礙。」

「我聽大夫說，您曾經用過生死一線的重藥，後患無窮。不知您是否還記得當年用的是什麼藥，可以讓大夫為您調養。」林鈞熱心道。

韓令秋卻皺起眉頭，搖搖頭，硬邦邦道：「我的身體我知道，無須林老闆記掛了。」

林鈞一番好心被噎回去，有些尷尬地請韓令秋保重身體，別的也不再說。賀思慕瞧著這形勢，目光在眾人之間打了個轉，再和段胥的眼睛對上，後者眉眼微彎輕輕一笑。

段胥適時插進話題，開門見山地說他要去軍營中，順路來接賀思慕去營中有要事相商。

賀思慕也不推辭。

待到了大營中，賀思慕優雅地下車，段胥翻身下馬走到賀思慕身邊。

「妳要不要猜猜，我現在要找妳聊什麼？」

「韓校尉？」

段胥靠近她，小聲說：「不是，妳流鼻涕了，快擦擦罷。」

……做人真是太麻煩了。

賀思慕皺皺眉，下意識就要伸手摸自己的鼻子，卻被段胥握住了手腕。

「別，別。」他尾音上揚，從懷裡拿出一方帕子遞給她。

「踏白的功臣，可不能拖著鼻涕參加會議啊。」

這似乎是她糟蹋的第二方段胥的帕子了。

賀思慕拿著那方帕子掩在鼻下，笑道：「你才是踏白的功臣，我算得上什麼，過會兒大概都沒有人看我。」

事實證明她所料不錯，走進營帳之後段胥還來不及向大家介紹她，吳盛六就跳起來。他身上銅黃色的鎧甲發出「哐啷」聲響，滿面鬍鬚的魁梧漢子喊道：「將軍大人，你把夏慶生派回涼州是什麼意思？」

幾日不見，吳盛六上次梗著脖子一副誰也瞧不上的樣子，今日雖說還是梗著脖子，但這將軍大人叫得是越發順嘴了。

賀思慕見果然沒她什麼事，步子頓了頓便攏著斗篷走到一旁，在應該是為她準備的位子上坐下，端起茶來準備喝茶看戲。

「當心舌頭遭殃，茶燙得很。」

段胥他雙指敲了敲賀思慕的桌子，意味深長地提醒道。然後他轉身面對吳盛六，仍舊笑意盈盈。

「是，我把夏郎將派回涼州，讓他統領涼州的踏白軍餘部，等待援軍到來。吳郎將有什麼不滿？」

看戲的賀思慕挑挑眉，未免受傷還是放下手裡冒熱氣的茶。

此時營帳中，除了夏慶生之外的郎將和校尉們已到齊，各個披著泛著寒光的鎧甲襯得營帳都冷了幾分。除了孟晚和韓令秋之外，還有幾位面生的校尉，有些緊張地看著吳盛六和段胥對峙。

吳郎將和段胥不對付也不是一天兩天了，一個資格老一個身分高，一個直脾氣一個笑模樣，打仗時還能勉強合作，仗一打完就要吵。

吵到今天居然還能把一場場仗打贏，也是十分令人驚奇。

「我有什麼不滿？將軍大人，這幾場仗我跟著你打，雖然贏了，但我卻是暈頭轉向。您對我就沒幾句實話！」

說起這事兒吳盛六就來氣，原本段胥說要攻打宇州，剛開始打沒多久，突然掉頭渡河打朔州。攻打府城的時候更甚，打之前他還跟段胥爭吵，以這裡的地形和敵軍數量他們必死無疑，誰知不知道打哪兒飛來好多紅鳥，居然把胡契人嚇得丟了府城。

段胥這些準備謀劃，事先從不和他商量，分明是看不起他！

這時的吳盛六還不知道，他這番想法可是大大地冤枉了段胥。段胥並非看不起他，這個人就算天王老子在前，也不會改變他專兵獨斷的本性。

段胥笑起來，擺擺手讓吳盛六坐下，自己也坐在桌後，好整以暇道：「吳郎將喜怒形於色，且常年在邊關，敵人對你十分熟悉。疑兵之計若告訴你，恐怕暴露。再者說，敵我雙方的戰力差距郎將也清楚，所謂死地則戰，若不是抱著必死之心與敵軍相爭，便是留有後計又有何用？」

「說到那些紅鳥，不過是身塗紅彩的鴿子，我讓孟晚帶人搜了這一帶所有信社，得到上千隻信鴿，皆繪上紅色火焰紋待戰時放出。胡契人篤信蒼神，將《蒼言經》奉為無上經典。而《蒼言經》中提到，蒼神懲罰信徒，從天上降下身披火焰紋的紅鳥，所碰之人永世不得超生。」

吳盛六聽著段胥的解釋，面色有所緩和。

段胥笑笑，慢慢地說：「知己知彼百戰不殆，從來如此。」

賀思慕的手指在茶杯邊緣漫不經心地磨著，指尖被燙得發紅也沒有收回。以她對胡契的瞭解，他們只允許本族人信奉蒼神，至於宣讀《蒼言經》更是司祭才有的權力。段胥那日在戰場上說出的胡契語是經文，居然和《蒼言經》上的原文一字不差。

——蒼神降災，燃盡眾生。

他怎麼會對蒼言經如此熟悉？

她的目光移到他腰間的破妄劍上，心說她姨夫做的這柄劍口味刁鑽得很，挑上這樣一個渾身是謎的主人。

難不成是百年過去，它覺得無聊，愛上解謎了？

吳盛六這些人並不知道《蒼言經》和蒼神是什麼東西，只是隱約曉得大概是胡契人的玉皇大帝天王老子。他終於哼了一聲，在座位上坐下，抱著胳膊說：「段將軍見多識廣，我這個粗人比不了。如今丹支的阿沃爾齊帶領大軍幾日便要兵臨城下，我想將軍心中定是有了萬全之策，不知道肯不肯跟我們說說。」

「阿沃爾齊……」段胥雙手交疊，十指相扣摩挲著。

眾人的目光集中在段胥身上，這段時間他們已經習慣段胥思索片刻，便拿出各種奇奇怪怪的提案來。

這次段胥思索片刻，卻道：「說實話，我並沒有什麼萬全之策。」

吳盛六又要跳起來了：「沒有對策？他們可有二十萬人馬！」

朔州四城保不住，這誰都知道。若再不經那四城一線的官道撤軍回涼州，待丹支大軍拿了那四城，府城便成了腹背受敵的孤島。

「賀小小姑娘有何高見嗎？」段胥突然點名道。

在場所有人的目光轉向賀思慕，她捧著茶杯正在漫不經心地吹氣，這下吹氣的動作停住了。

賀思慕抬起眼眸，環顧周圍看著她的人，微笑而得體地將手裡的茶杯放下。

段胥適時地介紹道：「這是我們踏白的風角占候賀小姐，涼州人。這次我們進攻朔州，就是她幫忙推演天時。」

「是的。」

賀思慕笑笑，轉眼看向段胥，說道：「將軍一定要阻止丹支援軍嗎？」

「那不然，你們去把關河炸了罷。」

此言一出，營中眾人皆是一驚。孟晚說道：「如今天氣仍然寒冷，炸了關河有何用？炸完不過幾天，河面又會上凍。」

「關河一帶原本氣候宜人，冬日河水並不會凍結，今年遇上百年少有的嚴寒這才冰封。但我瞧著這嚴寒不會持續多久了。」賀思慕掐著手指算了算，道：「十日之後氣溫驟升，寒意退卻天氣溫暖。若你們在前幾天炸了關河，河水想必不會這麼快再次凍結。再之後天氣雖有反覆，最冷時關河也許會有薄冰，但已經不能過人過馬。」

段胥笑起來，他道：「我覺得這是個好主意。」

吳盛六看看賀思慕，再看看段胥，道：「炸了關河然後呢？撤回涼州麼？」

到現在踏白全軍也不知道秦帥給段胥的軍令是什麼，吳盛六想著大約是要延緩丹支援軍增援的速度，他們堅壁清野再炸關河，要將丹支援軍拖慢半個月左右，已然是很不錯了。畢竟踏白全軍也才八萬人，為了守護後方涼州，這次派到朔州的兵力只有五萬，實在是不能再多做要求了。

段胥抬眸，終於不鹹不淡地拋出一道驚雷：「秦帥的命令是踏白死守朔州府城，不可放過丹支援軍，不可後退一步。」

此言一出，滿座寂然，只有火盆裡的木炭發出劈里啪啦的聲音，歡快得有些不合時宜。

賀思慕悠然地喝了一口茶。

「怎麼可能？我們只有五萬兵力！」

「丹支南下的可是呼蘭軍，那阿沃爾齊是有名的悍將。」

校尉們的疑議聲剛響起，就被吳盛六的大嗓門排山倒海般蓋過去：「不可後退一步？

這是鬧著玩兒的嗎？不回涼州，我們都會死在這裡！秦帥真是這麼說的，還是你小子為了軍功人心不足蛇吞象？」

段胥眼裡的笑意慢慢淡下去，淺淺一層浮在眼底，少了幾分真心。

關河兩岸多年沒有大戰事，只是偶有磨擦。大梁歌舞昇平偏安一隅，連士兵都少了血性。幾十年過去，這一輩士兵早已不知道胡契人到來時，那亡國滅種的恐懼了。

他從座位上站起來，一步一步走向吳盛六，邊走邊說道：「吳郎將這話說得奇怪，我可是你的將軍，而且你是不是忘了……」

他在吳盛六面前站定，俯身道：「死亡就是戰爭的真實面目。即便是勝利者，也需要白骨鋪路，死傷無數。」

「我們腳下的不是丹支朔州，而是曾經的大晟朝朔州。幾十年前我們的先祖埋骨此地，大敗於丹支，所以丹支的鐵蹄可以肆無忌憚地遍布十七州，甚至南下涼州搶掠屠城，我們今日如此艱苦卓絕，浴血奮戰才能重新回到這裡。家國面前，本當萬死不辭。」

滿場寂靜，吳盛六抬頭看著段胥，拳頭捏得咯咯響。

他想起涼州城街頭巷尾的屍體，一身鮮血熱了起來。段胥說的道理他不是不懂，可他們渺小的兵力在丹支大軍面前，就像個車輪前的小螞蟻一般，他還有統領一軍的宏願，難道要葬身於此了嗎？

段胥又笑起來。他微微抬起下巴，眉眼彎彎，「吳郎將不必如此，我們會贏的。」

吳盛六似有動搖，卻仍然不甘，「你說能贏就能贏？」

「吳郎將，雖然我是獨斷了些，但是到現在為止我還沒有輸過，不是麼？」

吳盛六盯著段胥半晌，一拍桌子站起來，生生把桌子拍出一道裂痕。他指著段胥道：「老子他娘的就再信你一回，誰他娘的怕死，就怕白死了，老子可是要當將軍的人！丹支人要是不能滾回老家，我他娘的做鬼也不放過你們段家！」

段胥目光灼灼，他將吳盛六的手推回去，道：「放心罷，郎將，要是做鬼也少不了我。」

看著彬彬有禮的段胥，吳盛六突然想起來，他聽說這貴族少爺本來是要被培養成宰執的，宰執的官可比將軍大上許多。想到這一層，他便心生憐憫。

段胥卻渾然不覺，只是回過身對營帳裡的諸位行禮。

「朔州府城，就拜託各位了。」

營帳裡的校尉們紛紛行禮，這些人大多比段胥年長，卻被段胥和吳盛六剛剛那番對話所震動，面有悲壯之色。

離開營帳時，賀思慕走在段胥身邊，她望著前方吳盛六的背影，半開玩笑道：「依我看，吳盛六這麼討厭你，多半還是因為你長得太好看。」

軍中之人大都不喜歡乾淨英俊的男子，總是以粗獷凶悍為榮，更何況是段胥這般出挑的英俊。

段胥挑挑眉毛，他們走出營帳外，陽光甚好風力強勁。他的髮帶飛舞，束髮的銀簪在陽光下閃爍，如同他彎起來的眼睛。

「承蒙誇獎，不勝榮幸。」他微笑道，似乎很是開心。

「其實吳郎將是信任你的。」賀思慕道。

從涼州到朔州，哪一場仗都不好打。段胥每場仗都把吳盛六放在身邊，一場場贏下來吳盛六心底裡是服氣的。不然也不會不明就裡時，還是聽從段胥的命令攻打朔州府。這營裡的校尉們，乃至於踏白的士兵，也是一場場仗打出了對段胥的認可。不過要讓吳盛六在小自己近十歲的段胥面前低頭，還是太為難他了。

「你有把握能贏？」

這可是二十萬兵力對三萬的極端懸殊。

「若有十成把握能贏，那就不是好賭徒了。」

段胥眨眨眼睛，他把賀思慕送上馬車。待馬車開動時，賀思慕撩起窗簾，卻發現段胥仍在車外站著。他的目光和賀思慕對上，笑起來向她擺擺手。

看起來開朗又溫良。

開朗又溫良的，瘋狂賭徒。

賀思慕放下窗簾，嘖嘖感嘆。

賀思慕的馬車遠去，去往城中林家休息。韓令秋目送那馬車遠去，然後目光移到前面的段胥身上。

段胥其實只比他小一點，年歲算是相當。這位南都來的貴人舉手投足和軍中粗人們大不相同，但也不端著，平日裡總是一張笑臉，便是腹有驚雷也面若平湖。

他總是覺得這個人很熟悉，特別是段胥笑起來的時候，這種熟悉感尤其明顯。

「將軍！」他這次終於喊住了段胥，段胥回過頭來望著他，示意他接著說。

韓令秋沉默了一下，繼而問道：「將軍，你從前可曾見過我？大約……五六年之前罷。」

段胥眸光閃爍，他把手背在身後，笑道：「怎麼這麼問，我們若是從前見過，難道你自己不記得嗎？」

韓令秋猶豫片刻，咬咬牙答道：「將軍大人，實不相瞞，我五六年前受過重傷，臉上留了這道疤，傷好後之前的事情全不記得了。」

甚至連韓令秋這個名字，都是收留他的那個人家取的。他對受傷前的事情，唯有一個極其模糊的印象，似乎有某個人對他說——去南方罷，去大梁，不要回來了。

其實他是在丹支受的傷，因為只記得這句話，傷好之後他便從丹支偷逃到了大梁。

失去這段記憶沒有對他的生活造成太大影響，他似乎很習慣孤身一人的生活，並沒有想著恢復。只是在見段胥第一面時，突然覺得段胥很熟悉。

猶如故人歸。

段胥好像十分驚訝，然後流露出可惜的神色，搖搖頭道：「沒想到韓校尉還有這樣的傷，可惜我五六年前還在岱州，並不記得有見過你。」

韓令秋有些悻悻的樣子，他行禮稱是。段胥拍拍他的肩膀作為安撫，便轉身走回了營帳。

段胥轉過身去時，笑意沉在眼底，神情暗昧不明。

賀思慕並沒打算摻和他們炸關河的事情。城中軍隊駐紮之地離林家有些距離，她就在房間裡好生養著這具身體，時不時和風夷聊聊天，再捧著鬼冊看看她休沐時天下的情況。

鬼冊上邵音音的名字按時消失了，這證明她已經灰飛煙滅從此退出輪迴，在這世間沒一點痕跡。

關淮果然聽話。

這老頭一貫是牆頭草隨風倒，當年她平叛時他是第一個倒戈歸順的，向來很會讀眼色避禍端。

賀思慕靠在椅背上，漫不經心地翻著鬼冊，看看這世間一樁樁慘劇。

涼州府一帶屠城之後多了許多遊魂，這種死時淒慘之人容易成遊魂，但執念不夠深重，多半被其他遊魂所食，最終無法化為惡鬼。

執念深重者，比如那闕淮。他一生散盡家財求仙問道，醫藥養生，心心念念要長生不老與天同壽。撐到一百多歲還是去世了，可死也不能斷絕執念，吞噬數百遊魂而化惡鬼。

便是成了惡鬼，他也是鬼界裡最長壽的惡鬼，三千年不滅，這執念確實深重。

賀思慕合上鬼冊，她撐著下巴喃喃道：「倒是很羨慕你們。」

這麼明確地知道自己想要什麼，為這些念念不忘活一輩子，再為此拋卻輪迴死上千年。

不像她，糊裡糊塗的一出生就已經是惡鬼。

風起了微妙的波動，那白色的絲線捲曲起來。賀思慕皺皺眉，她走到窗邊推開窗戶，便看見低矮的屋舍之上，城南之郊無數明燈升起，飄浮著隱沒於夜幕中，照得天地亮如灼灼火場。

死人了？

城南是關河，小將軍炸個河能死這麼多人？

賀思慕揮一揮衣袖，把這個身體安頓在床上，脫魂出竅後腰間的鬼王燈閃爍，瞬息之間便站在了關河岸邊。

她的白底紅靴踩在河邊鬆軟的土壤上，剎那間感覺到土地傳來的震動，關河冰封的河面上一聲聲轟烈巨響伴隨著火光響起，冰粒四散飛起，穿過她的魂魄虛體落在地上。整個世界驚慌的震動，冰面上有黑壓壓不辨眉目的士兵，呼號著悲鳴著隨著碎裂的冰面墜入冰冷刺骨的河中。

關河黝黑而沉默，彷彿張開血盆大口的巨獸無止境地吞噬著，繼而便有千百盞明燈，燃灼著魂火從它的口中升起。

又一場死亡盛景，想來鬼冊上又要多許多遊魂姓名。

胡契人怎麼會在這時候渡河？還正好趕上段胥炸關河？

賀思慕轉過身去，瞬間在一片黑暗的樹林和亂石之間看到了段胥。韓校尉和孟晚站在他身後，還有許多隱沒於樹林間的大梁士兵。那些士兵排成箭陣，凡是有胡契人奮力爬上此岸便萬箭齊發，射死於岸邊。

他的眼睛含著層淺淺的笑意，高挑而清俊的身影隱沒於樹林之間，像長在樹林間的一棵松柏。

賀思慕一步一步走到段胥身旁，站在他面前，在這深淵之側地獄邊緣。

「宇州的胡契人要從關河偷襲府城，你埋伏在此，還完成了炸關河的計畫。一石二鳥啊，小將軍。你是不是早知道胡契人會偷襲了？」賀思慕笑著說道。

段胥並不能看見此刻魂魄虛體的她，更不能聽見她的聲音。

當然，他也不能看見她所看見的世界，不能看見蛛絲一般白色的風，不能看見天地之間亮如白晝的灼灼魂火。

賀思慕靠近段胥，微微踮起腳直視著他的眼睛。

他的眼睛明亮而上挑，眼瞳顏色很黑得純粹，像是一面黑色的鏡子。鏡子裡沒有她，沒有魂火明燈，只有爆炸的火光和血肉模糊的敵人。

「活人眼裡看到的死亡是什麼樣呢？」

賀思慕端詳著他的眼睛，彷彿想從他的眼裡看到死亡的其他面目。

段胥安靜地眼眸眨了眨，突然輕輕笑起來，說道：「賀小小。」

第六章　瘦梅

他的聲音很輕，氣息綿長，彷彿一聲嘆息飄過她的魂魄。

這一聲賀小小讓賀思慕愣住了。她驚訝了半晌，才挑挑眉毛問道：「你能看見我？」

段胥卻沒有回應。

賀思慕這才發現，段胥並不是在看她，他的目光遠遠地穿過了她的魂魄，望向她的身後。

賀思慕回頭順著他的目光看去，看見關河上空飛舞著的，黑壓壓的烏鴉們。

那些烏鴉如同一場黑色的大雨，因為得了食物興奮地鳴叫著，圍著可憐的胡契人屍體啄食。這場景和她來到涼州府城那天如出一轍。

「賀小小……她來了嗎？」

段胥輕聲道，他沒有要說給任何人聽，顯然是這群烏鴉讓他想起了賀思慕。

賀思慕轉過頭來看向段胥如深邃海洋的眼底，從初見到現在的種種事情在她腦海中掠過，她的唇角慢慢彎起。

「從一開始，你就注意到我了嗎？」

在落滿烏鴉的涼州街頭，她提著一顆頭顱站在那裡，因為從那時他就留意了，所以才會把烏鴉和她聯繫起來。

「那麼，那天在墓地，你也是故意去找我的？」

「然後安排我住在你的隔壁，向我問風，試探我的五感，一步一步打探我的底細。」

賀思慕搖搖頭，把玩著手裡玉墜形的鬼王燈，眼裡一片漆黑，而段胥仍然安靜地看著關河上空的黑烏鴉群。

「膽子真大啊，君子不立危牆之下，你可是偏要往危牆下站，就是賭我這堵牆不會塌麼？」

他聽不見她的聲音，她也不需要他回答。

段胥突然邁步，他向前走去穿過賀思慕的身體，他對他的部下們說道：「我們該去收個尾了。」

他的身體與她的魂魄交錯剎那，她懷裡的明珠突然震顫，那種不同尋常的震顫令賀思慕愣在原地。

她不敢置信地回頭看去，段胥的身姿在士兵之間，在漫天魂火裡留下一個黑色的剪影。

——思慕，姨母給妳準備了一份禮物。妳看這個明珠，它會一直追隨妳的魂魄，妳可以隨時用它聯絡我。待我死後，妳也可以用它來聯絡我的血脈。

——這裡面還有一個特別的咒文。妳不是問我做人是什麼感覺麼？這個咒文可以讓妳從結咒人那裡借用五感。若它遇到了能承受和妳連結的人，自然會告訴妳的。

姨母的聲音彷彿穿越了三百多年的時光在她耳邊響起。

能夠和她結咒的人。

能夠讓她借用五感的人。

三百年裡都沒有出現過的人。

段胥，段舜息。

賀思慕看著段胥遠去的背影，那背影模模糊糊融入夜色中，沒入回憶的陰影裡。回憶裡她的父親、母親、姨父、姨母都尚在人世，一切安好。

時過境遷滄海桑田，這顆明珠裡存放的，是她原以為已經遺忘的願望。

惡鬼方昌去找賀思慕覆命時，他們的鬼王大人正在朔州富商舒適的房間內，挑著燈花，撐著下巴發呆。她的目光放空，不知道在想什麼。

他們的鬼王大人雖然年紀輕輕，總是高深莫測，令人畏懼。

看見他來了，賀思慕的目光幽幽一轉，漫不經心道：「你來做什麼？」

「回稟王上，邵音音已被處死，關淮大人已經受罰。但臣下包庇邵音音亦是有罪，特來覆命領罪。」方昌跪在地上，俯首叩拜。

「關淮要你來的吧，那個老滑頭。你是他的下屬，怎麼還要我來罰？」賀思慕瞥了方昌一眼，看見他撐在地上緊握成拳的雙手，因為用力過大而顫抖。

她沉默了一下，有些無趣地笑起來，說道：「怎麼，你很不服氣？」

方昌咬咬牙，抬起眼來看向賀思慕。他心中翻滾著太多不平，終究無法忍耐。

「王上，臣下只是覺得您太過偏袒生者……音音原本就是因對孩童的執念而化惡鬼，天性渴望孩童。您讓她不可對十歲以下孩童出手，這根本不可能。惡鬼狩獵活人，便如活人烹羊宰牛，難道不是天性使然，天經地義嗎？您為何要橫加諸多限制條件，這根本沒有道理。」

一身書生打扮的年輕惡鬼，頗有種以身抗命，大義凜然的姿態。

賀思慕聽著他的話，不由哈哈大笑，她站起來俯下身看著跪著的方昌：「道理？我難倒是因為道理講得好，你們才服我做鬼王的嗎？」

她腰間的鬼王燈忽然大亮，方昌身上猝然燃起熊熊鬼火，他驚叫一聲，揮舞四肢拚命掙扎翻滾著，卻無濟於事。

賀思慕蹲下來看著在地上翻滾的方昌，慢慢地說：「氣憤麼？絕望麼？憑什麼我能這樣折辱你，摧殘你，把你捏在手裡肆意玩弄？」

她打了一個響指，鬼火驟然熄滅，方昌伏在地上心有餘悸地大口喘息著。賀思慕抬起他的下巴，望著他憤恨又恐懼的眼睛，嫣然一笑。

「被你殺死的那些活人，死前也是這麼想的。」

方昌怔了怔。

賀思慕鬆開手，漫不經心道：「天經地義？什麼是天經地義，對你有利的便是天經地義？」

「惡鬼懷有這世上最強烈的欲望。姜艾愛財、晏柯戀權、關淮貪生，而你生前屢試不第，渴求功名。惡鬼若無法度，欲望若無限制，便是這世上最不見底的深淵。」

方昌沉默許久，伏在地上道：「是方昌短見了。」

賀思慕回過身去走到桌邊，輕巧地坐下拿起茶杯，在手裡慢慢地晃著。她不知他這服從有幾分真假，不過她一貫不是個以德服人的君主。

賀思慕摩挲茶杯一會兒，突然問道：「方昌，你死了多久了？」

方昌愣了愣，答道：「啟稟王上，五百多年了。」

「還記得活著是什麼感覺麼？比做鬼如何？」

「活著的感覺……記不太清了。」方昌苦笑了一會兒，道：「對死的感覺倒是深刻。」

「死亡不就是瞬間的事情麼？」

「不是，王上。臣看來死亡十分漫長。從臣初次應試不第開始，臣就緩慢地死去，死去的速度依次而倍增。我最後死在趕考路上，那並非死亡的開端，而是死亡的結束。」

賀思慕沉默著，風從窗戶的間隙吹進來，吹得燈火搖曳，屋內的光線明明暗暗。

有道是生亦何歡，死亦何苦。

她開口說道：「你走吧，最近別來打擾我。」

方昌行禮，起身離去。

賀思慕從懷裡拿出那顆明珠，看了好一會兒，彷彿想從這顆明珠裡看到什麼答案似的，她突然笑起來道：「管他呢，這是千載難逢的機會啊。」

頓了頓，她簡短地喚道：「晏柯。」

她右側一陣青煙飄過，有個黑衣男子出現在煙霧中。那男子二十七八的模樣，身材高大，臉色同方昌一般蒼白。他劍眉星目，五官堅毅如刀刻，緊緊抿著唇，看起來不好相處的樣子。

魁鬼殿主，鬼界右丞，晏柯。

「王上。」晏柯微微俯身，行禮道。

賀思慕皺眉斜他一眼，晏柯便直起身體，改口道：「思慕。」

三百多年前鬼王身死，主少國疑叛亂四起，姜艾和晏柯兩位殿主助賀思慕平叛。如今四海升平，這兩位已是鬼域的左右相。

這是鬼界僅有的兩個，可以喚賀思慕本名的惡鬼。

賀思慕指著旁邊的椅子，巧笑倩兮：「阿晏，坐啊。」

這位年輕的鬼王總是喜怒無常，說翻臉就翻臉，二十四鬼臣在她面前無一不戰戰兢兢，便是晏柯和姜艾也十分謹慎。

但通常情況下，賀思慕若喚他晏柯，他們之間是君臣。賀思慕若喚他阿晏，他們之間便是朋友。

晏柯稍稍放鬆，緊抿的唇柔和了點，走到賀思慕旁邊的椅子上坐下。

「阿晏最近很忙罷？姜艾一貫不愛管事，鬼域的大事小情怕是全要你處理，辛苦了。」

始作俑者賀思慕嘴上這麼說著，笑容卻輕鬆，顯然對此毫無負罪感。

晏柯皺著眉望向她，道：「妳這次又要休息多久？」

「半年吧。」

「半年？鬼域是什麼樣的地方，王上再這般懶散，怕是要壓不住那些蠢蠢欲動的心了！」

賀思慕目光灼灼地望著晏柯，眼中含著複雜的情緒，似笑非笑看不分明。

「我何曾壓住過？我不是向來殺光了事？他們一日贏不了我，便要服我一日。」她擺擺手，阻止晏柯說教，道：「我記得順州是你的轄區。」

「是。」

「我要找遊魂，天元五年八月在順州古郜死於非命的人中，有沒有變成遊魂的？你把他們的名字給我。」

晏柯望了賀思慕片刻，說道：「好。不過妳要這個做什麼？」

「我要做什麼，閒來無事，找點有趣的事情做做唄。」賀思慕摩挲著手裡的明珠。

晏柯瞧著，她這次寄宿的是個嬌小甜美的姑娘，以她輕鬆愉悅的神情來看，她這次休沐玩得很開心。只有當她附身於人的時候，他才會看到她這樣輕鬆的笑容。

晏柯驀然想起第一次見到她時，她白衣戴孝。這個一貫神祕的在人世長大的鬼界少主抬起眼簾，微微笑道：「我爹灰飛煙滅了，他們便以為我是好欺負的？」

然後她攜著鬼王燈，以駭人的天賦一路殺穿了鬼界，讓所有心懷不軌者噤若寒蟬。

她確實有懶散的資本。

賀思慕身後房間的窗戶打開著，風從窗戶灌進來，捲起桌簾窗簾飄舞。窗外夜色中，那璀璨了一夜的魂火明燈，終於慢慢停住了。

丹支的偷襲損失慘重，段胥大勝而歸，這一戰很提振大梁的士氣，並且為宇州戰場緩解了壓力。

但於此同時，丹支援軍呼蘭軍也開進了朔州，快速地收回了朔州四城。踏白軍幾乎沒有怎麼抵抗，一部分撤回了涼州並且炸開關河，一部分匯到了朔州府城，朔州府城的兵力一時達到了五萬。

朔州府城，丹支增兵宇州的必經之路，就此成為一座孤島。呼蘭軍像是個鐵桶似的將朔州府城圍得密不透風——唯一透風的關河，也已經因為被炸和天氣回暖而解凍。

指甲蓋大點的小城裡，頗有種黑雲壓城城欲摧的陰霾，籠罩在百姓心頭。涼州本是條件最好的渡河口，可如今涼州回到大梁手中，關河解凍，渡河而戰是胡契人的死穴。守在涼州的夏慶生更是調遣水師，絕不讓胡契人從涼州河段下水。宇州如今在胡契人手裡，只要胡契人踏過朔州府城，就能得到對岸接應輕鬆渡河。這裡便是丹支的眼中釘，肉中刺。

自呼蘭軍到的那天，炮火聲就沒停過，城外常有殺聲震天。百姓們只能看見緊閉的城門，飄上天空的黑煙，和從城牆上被運下來的傷兵。

之前踏白軍匯到府城時，段胥命他們帶來了大量糧草、箭、木石、桐油，此時派上了用場。丹支軍一波波攻上來，又一波波被箭雨，燃燒的滾木，石頭逼退。借著府城的地勢，踏白軍死死守著這道關口不讓胡契人踏過。

百姓們見過不了幾日就殺聲震天，黑煙滾滾，可也沒什麼大事，便戰戰兢兢地開始準備過年了。

沒錯，凡人的世界裡，過年才是這世上頭一等的大事。

「小小姐姐，我們要不要買點炮仗呀。」沉英抱著個石頭罐子，在地上撒著石灰粉。

賀思慕揉揉太陽穴，道：「放炮仗？城外的炮聲還沒聽夠嗎？」

她蹲在地上看著沉英在門外撒出一個不大規整的白色圈圈，指著那石灰粉圓圈問：

「你這是要做什麼？」

「小小姐姐妳不知道嗎？妳也有不知道的呀！」沉英驕傲地挺起胸膛，如數家珍道：

「過年的時候要放炮仗、貼門神、貼福字，在門口用石灰畫圈，驅邪避災！」

賀思慕歪過頭，覺得十分離譜：「為什麼這種事情能驅邪？」

「因為邪祟鬼怪怕鞭炮響、怕門神、怕紅色，還怕石灰粉呀！老人們都這麼說的！」

沉英理直氣壯。

賀思慕沉默片刻，道：「我一直很好奇，這種天才的想法最初是誰編出來的？」

就跟那些上刑場之前遊街的死囚一樣，嘴裡唱著什麼十八年後又是一條好漢的歌，不過是給自己壯個膽罷了。

聽到炮聲都面不改色，能把門神做成糖人吃，根本不知道紅色是什麼顏色的邪祟——

賀思慕拿過沉英手裡的罐子，幫他在門窗前撒起石灰粉來。

最近段胥忙得不見人影，她偶爾隱身去瞧他，他不是在督戰就是在商討軍情，幾乎不眠不休。這似乎不是個做交易的好時機，更何況她還探不到段胥的底。

賀思慕喃喃道：「他會想要什麼呢？」

破解府城之圍？趕走丹支援軍？收復河山？回歸朝廷做做元帥、宰執？每一個看起來都像是正確答案。

但每一個又感覺不是。

再說按她的規矩，鬼界是不能插手人間政事的，若他的願望是這些，倒是棘手得很。

「誰想要什麼呀？」沉英好奇地問道。

賀思慕抬眼看他，笑道：「你的將軍哥哥呀，你覺得他會有什麼心願呢？」

沉英思索了一會兒，伸出手指比了個八：「我覺得，是每頓飯能吃八個餅。」

「……」

彷彿還覺得不夠，沉英補充道：「都是肉餡兒的。」

「……這聽起來不太像段胥的願望，倒像是你的願望。」

「不不不，我一頓只能吃三個餅，將軍哥哥這麼厲害，他一定能吃八個。」沉英擺著手，一臉認真地分析著。

「我記得你之前還想跟著段胥打仗，保家衛國呢？」賀思慕提醒他。

沉英眨巴眨巴眼睛，顯然也想起了曾經的豪言壯語，他說道：「對啊，胡契人打過來，我們就沒有餅吃了。為了一頓能吃八個餅，將軍哥哥要把他們趕回去的！」

賀思慕沉默地看了他一會兒，然後笑著摸摸他的頭，感慨道：「這真是個實在的孩子。」

「小小姐姐，妳為什麼想知道將軍哥哥的心願啊？」沉英突然來了興致，宛如發現了金礦一般，他跟在賀思慕身後，她石灰粉撒到哪裡就追到哪裡。

「我要跟你將軍哥哥做一筆重要的生意，便要知己知彼，才知道如何出價啊。」賀思慕漫不經心地說。

沉英賊賊地笑起來，他說：「小小姐姐，妳是不是不好意思了？」

「什麼？」

「妳喜歡將軍哥哥吧！所以妳想幫他實現心願！妳上次跟孟校尉說的，我都聽到了，妳說妳對將軍哥哥一……一……一見鍾情！」沉英終於想起這個成語。

賀思慕無言以對地看著興奮的沉英，露出和藹的笑容：「對對對，如今看來他和我真是天造的一對，地設的一雙。」

三百多年才遇到這麼一個可結咒的人，可不是天造地設，絕無僅有麼。

沉英不知道為什麼開心得不行，原地一蹦三尺高，圍著賀思慕跳來跳去：「姐姐妳果然喜歡將軍哥哥！妳多去找他啊！他好久沒來了！」

賀思慕拿著石灰粉在地上撒來撒去，只當沉英的話是耳旁風。

沉英卻渾然不覺，他牽著賀思慕的衣袖道：「小小姐姐，我們還有嗩吶！妳真的要給將軍哥哥送終時，才吹給他聽嗎？」

賀思慕突然覺得風變得有些微妙起來，她抬眼看去，便對上了院門口段胥的眼睛，這院子真正的主人林鈞正站在他旁邊。

段胥穿著便服，束著髮冠，笑意清朗，彷彿他不是一軍的將領，而是鄰家過來做客的兄長。

他黑色的眼眸眨了眨，笑著露出潔白的牙齒：「給我送終？」

這人來得可真是時候。

賀思慕一貫不知道尷尬這兩個字怎麼寫，抱著罐子面不改色道：「將軍大人什麼時候來的？」

「剛到，大概是從天設的一對，地造的一雙開始。果然是地造的一雙，妳連送我去地底下的事兒都安排好了。」段胥笑咪咪地揶揄道。

賀思慕大方道：「我這不是怕我心愛的將軍大人，上路時受委屈嘛。」

「等府城解圍了，小小姑娘吹一首曲子給我聽如何？」

「抱歉，我這曲子只有上路的人才能聽。你活著聽不太吉利罷。」

段胥笑了笑，目光移到賀思慕腳下的地面上。沉英納悶地隨著段胥的視線低頭，立刻驚呼出聲。

不知何時地上的石灰粉被撒出一幅梅花圖，三兩根勁瘦樹枝與五六朵寒梅，銳利得彷彿要破地而出。

賀思慕老爹是個慣會附庸風雅的鬼，自小便手把手地教她畫畫，她不識顏色，水墨倒是畫得不錯。

「小小姐姐，妳還會畫畫呀！」沉英讚嘆著。

賀思慕拍拍手上的石灰粉，說道：「石灰屬實沒什麼用處，畫幅好看的畫，若來者是個風雅的邪祟，或許捨不得踏過去呢。」

頓了頓，她對林鈞說：「林老闆不會嫌棄我弄髒了你家地磚吧？」

林鈞連忙擺手說不會，驚嘆道：「您的畫工老道，倒像是練了幾十年的名家。」

……這倒是沒錯，是練了幾百年了。

賀思慕覺得段胥每次來見她，似乎都是為了給自己的餿點子尋找靈感，這次也不例外。

她穿過厚重城牆走上甕城，甕城門外就是胡契人的大營。這甕城修得很有講究，狹小而守護著主城門，若敵軍攻入甕城中，便可放下甕、主兩道城門，將敵軍甕中捉鱉。為了贏得戰爭，凡人真是挖空心思煞費心機。可這城牆原本是前朝漢人建的，後來又被用來守護胡契人，而今再次回到漢人手中。

攻守轉換，矛盾相攻。

「我想起古人說的一個寓言故事。」賀思慕沿著甕城的臺階往上走，說道：「從前，在蝸牛左角和蝸牛右角上各有一個國家，就為了爭這麼點兒地方，相互征伐伏屍數萬。」

段胥在前面引著她走，此刻回過頭來看她，在黑暗的環境裡表情不明：「這位古人是莊子罷。莊子有云，有國於蝸之左角者，曰觸氏；有國於蝸之右角者，曰蠻氏。時相與爭地而戰，伏屍數萬，逐北旬有五日而後反。」

賀思慕想這小將軍記性倒是真好，有點像是傳聞中小時候過目不忘的段胥。

他們走出黑暗的階梯，登上甕城的城牆，段胥的聲音頓了頓，慢慢道：「我們也是如此。人這一生，真是短暫渺小卑微得可憐，是吧。」

連說這種悲涼的話時，段胥都是笑著的，目中含光。看起來一點兒也不卑微，更別說可憐了。

「你怎麼這麼愛笑？」賀思慕忍不住說。

「我天生如此。」

賀思慕終於踏上了城牆，她環顧著一片慘烈的甕城，城頭上布滿被燒得焦黑的戰爭痕跡，來來往往的士兵十分緊張，鮮血和燒焦的氣味彌漫在城頭。

看來前幾次他們擊退敵軍時，戰況十分慘烈。而城外黑壓壓的大營不見盡頭，二十萬人就在這風雨飄搖的小城外虎視眈眈，如同一隻匍匐的黑豹，只待時機到來飛撲而上，將這座城開膛破肚。

這城裡的人還渾然不覺，張羅著要過年呢。

賀思慕揉揉太陽穴：「人家說腹有驚雷而面若平湖者，可為上將軍，原來說的就是你啊。」

段胥眉眼彎彎：「不勝榮幸。」

過不了多久胡契人就會進行下一波攻勢，段胥如今要想辦法把他們再次拒之門外。

「我今日看著，覺得石灰粉很不錯，正好燃燒的雨水是《蒼言經》裡第二重降罰。最近可有東風配雨？」段胥倚著垛口，笑道。

顯然他已經將《蒼言經》用得出神入化了。

賀思慕瞇起眼睛，皮笑肉不笑道：「我又不是風伯雨師，難不成你想要什麼天氣就能造出什麼天氣來？最近這段時間天氣晴朗乾燥，並不會下雨。」

段胥搖搖頭，嘆道：「可惜。」

「你堂堂大將軍，怎麼盡想些歪門邪道？」

「兵者，詭道也。奇正相輔，方可得勝。他丹支二十萬大軍，我只五萬，若真的正面對敵只有死路一條。」

段胥話音剛落，便聽見城下有人扯著嗓子高聲喊叫。

「段舜息，你這個縮頭縮腦的小白臉，原是怕你丹支爺爺了，才躲在城裡不出門吧。有本事你出城與我們一戰啊！看爺爺不把你打得腦袋開花，哭爹喊娘！」

「來啊，出城一戰啊！」

這聲音粗獷張狂，把嘲笑的意味揮灑得淋漓盡致，城下敵營中配合著發出陣陣嘲笑聲，又有數聲叫罵聲飛上城頭，吵成一片。

段胥也不往下看，對賀思慕輕鬆地解釋道：「喊了有些日子了。」

「他們侮辱你，想激你出城迎戰。」

「他們是在侮辱我嗎？他們說我是小白臉，這不是另一個角度誇我英俊嗎？」段胥撫著自己的心口，笑道：「我心領了。」

賀思慕沉默一瞬，拍手道：「將軍大人真是心胸開闊，令人佩服。」

賀思慕拍拍垛口，說道：「這城牆修得也是真堅固。」

這麼多人攻城卻屢屢失敗，只好在城下叫罵。

「朔州府城牆，是關河北岸所剩無幾的城牆之一。當年胡契人入侵，前朝靠著城牆工事對胡契多有阻擊，胡契拿下北岸十七州後記恨此事，便令各地拆除城牆。結果丹支立朝之初各地多有叛亂，拆除城牆後起義軍攻城勢如破竹，丹支這才停了這道命令。朔州府城牆得以留存。」段胥把賀思慕從垛口邊拉回來一點，一邊解釋道。

賀思慕轉過頭來看他：「丹支立朝之初多有叛亂，不過是十來年的光景。現在丹支瞧著倒是很太平。」

「當時丹支的漢人起義時，大梁畏懼丹支又偏安一隅，並未回應。北岸的百姓自然是失望了，胡契軍隊也確實厲害，起義便日漸平息。」

頓了頓，段胥低下眼眸，神情不明。他笑道：「如今不也是，大梁以為有關河天塹便高枕無憂，並不想著收復北岸，更不想著北岸的故土與百姓。若不是胡契人入侵，恐怕還沉溺於內鬥的大夢中。」

他說出這話，似乎他真的是一位憂國憂民的將軍，畢生所願就是收復北岸十七州。如果他是三代翰林，皇親國戚的段家三公子段胥，那麼這願望再正常不過。但以他與丹支之間千絲萬縷的關係來看，這願望並不合理。

賀思慕想了想，指著敵營說道：「我方才好像看見，有個士兵拿著一封信走進南邊第三個營帳中去了。那信封上的字我能看見，不過是胡契文字，我看不懂。」

段胥立刻招手，讓人遞來筆墨紙硯，令賀思慕仿照著寫出來。

賀思慕撩起袖子，快速地在紙上寫下幾行龍飛鳳舞的奇怪文字。當她寫完把這張紙遞到段胥面前時，段胥眼裡閃過一絲異色，繼而挑挑眉毛，目光探究地轉向她。

賀思慕認真地端詳著他的表情，「噗嗤」一聲笑出來。

「哈哈哈哈，你果然認得這句話。」

這句話乃是胡契語中的罵人話，漢語意思等同於——你這個烏龜王八蛋。

「上至《蒼言經》，下至市井穢語你都知曉，段將軍可真是博學多才啊。這些東西，南都可不教罷。」

目前為止，他的立場、身分，他說的所有話都令人懷疑。

段胥眸光閃了閃，知道賀思慕方才是在詐他。他也不生氣，只是說道：「這說來話長，有一天我過橋時，有一個老翁故意把鞋扔到橋下，讓我撿起來給他穿上，如此三次……」

這可真是個耳熟的故事。

賀思慕太陽穴跳了跳，她接著說：「你次次照做了，然後他說孺子可教，讓你天亮時到橋上找他。可每次他都先到並訓斥你，直到有一天你半夜就去等，終於比他先到了。然後他拿出一本《太公兵法》交給你？」

「是《蒼言經》。」段胥糾正道。

「我竟不知，原來你的名字叫做張良？」

「哈哈哈哈哈哈。」段胥扶著城牆笑起來，他微微正色道：「不過我確實有個很厲害的胡契人師父，我算是他最得意的弟子罷。」

「哦，他現在在何處？」

「被雁啄瞎眼睛，於是退隱了。」

「……」

賀思慕覺得這個人的嘴裡半句真話也沒有。段舜息，他還真是瞬息萬變，琢磨不透。

「方才妳看見什麼了？真的什麼都沒有看見嗎？」段胥將話題扯回正軌。

「看見那個士兵進了左邊第三營，不過手裡拿的不是信，是幾條小紅尾魚。」

段胥的目光驀然一凝，他問道：「左邊第三營？」

「沒錯。」賀思慕有些納悶他突然的嚴肅。

段胥的手指在唇邊交疊，他想了一會兒微微笑起來，低聲道：「他在那裡。」

說罷他向賀思慕行禮，道：「姑娘好眼力，多謝姑娘。」

賀思慕不知道她這句話究竟幫上什麼忙了，以段胥的表現來看，儼然她立了大功的樣子。他甚至笑意盈盈地要送她回去，看來這幾天他不僅能喘口氣，竟然還有幾分空閒。

但俗話說得好，人不找事做，事便找上門——多半是壞事兒。賀思慕剛跟著段胥往城樓下走，便看見城中升起了黑煙。

段胥臉色忽而一變，只見城樓下韓校尉神色凝重地奔來，稟報道：「將軍！糧倉……糧倉被燒了！」

段胥一撩衣擺迅速拾級而下，腳剛踏平地便牽過韁繩，左腳一蹬馬蹬翻身上馬，衣袂飛舞絕塵而去，直奔糧倉的方向。

所有士兵都愣在原地，只能目送他遠去。方才段胥行動的速度快得驚人，讓人根本來不及反應。

只有這種時候，賀思慕才能看見段胥的一點真實。

糧食燒不燒對於賀思慕這個吃人的惡鬼來說，委實無關緊要。待她慢悠悠地去湊熱鬧時，火已被撲滅只餘濃煙滾滾，縱火燒糧倉的罪魁禍首也被抓到了。士兵們拉出一個圈不讓人靠近糧倉，但圍觀的人還是裡三層外三層密不透風。

賀思慕撥開圍觀的人群朝裡一看，罪魁禍首竟然是個嬌弱的女子。

那女子大概十七八的年紀，面容姣好，臉上卻青一塊紫一塊的，頭髮竟然被剃了半邊，露出扎眼的白色頭皮。她衣服料子細膩花紋也精緻，但多有糟汙破破爛爛，襖子裡的棉絮從衣服裂縫中飛出來，整個人就是大寫的「落魄」二字。

賀思慕伸手反搭在嘴邊，問旁邊看熱鬧的老頭道：「這人誰啊？」

老頭道：「嗨，妳不知道？青愉園的頭牌娘子，何嫣啊。」

到了這個歲數還愛看熱鬧的老頭子，多半十分熱衷於八卦，打開了話匣子興致勃勃地講起來。

據老頭說，這何嫣原本是大戶人家的女兒，家道中落淪為青樓歌妓。她長得美，識文斷字、精通歌舞又會耍心機，很快就攀上了胡契的顯貴老爺。那貴族老爺把她養在朔州府城，供她吃穿用度奴僕宅院。她的金主還與丹支王庭十分要好，這一連串的關係下來，連知州都不敢得罪何嫣。

何嫣一時得道便頤指氣使，仗勢欺人，在朔州府城作威作福，橫行霸道，百姓礙於權貴的勢力只能忍氣吞聲。

結果大梁軍隊一來，不僅將丹支軍隊趕跑了，還殺了彼時在城中的何嫣的金主老爺。何嫣一下子失去了靠山，牆倒眾人推，大家紛紛來報新仇舊怨，挨個踩兩腳。

「她被趕到街上，青愉園裡的女人們都看不起她啐她，還抓住她剃了半邊頭髮。她只好撿起舊營生，可她現在這個樣子，又有幾個恩客願意找她？真是因果輪迴，現世報呦。」

賀思慕想起城外黑壓壓的大軍，不知這城中眾人要是看見胡契人要捲土重來的架勢，還能不能像現在這般硬氣。

「之前朔州府城中，借著胡契人的勢欺壓他人的，難不成就她一個麼？你們單單把她拎出來做靶子，是因為她是最好欺負的，身分低微的女人？」

賀思慕話音剛落，就聽見何嫣趴在地上低低地笑起來，她纖細的胳膊撐起自己的身體，揚起下巴，髮絲凌亂眼角青紫，神情瘋狂。

「憑什麼你們都來糟踐我？憑什麼！我有錯嗎？我不就是想過好日子，不那麼辛苦，我不靠胡契人靠誰？做漢人就是下賤，就是吃不飽飯被欺侮，幾頭羊就可以換一個人的命。你們要是有機會攀上胡契老爺，你們不攀嗎？他林家能在府城做生意，就不巴結胡契人嗎？我沒錯！」

在丹支百姓分四等，而曾抵禦丹支最激烈的漢人是最低賤的四等民，承受著最重的賦稅，對刀具限制嚴格，且人命低賤如牛羊。何嫣身為「四等民」自然十分不甘。

何嫣瞪著周圍圍觀的人群，惡狠狠地說：「你們都等著看我的笑話，都想讓我死，想都別想！要死我們一起死！」

賀思慕沉默了一瞬，對老頭補充道：「不過，就憑這張嘴，她確實有些活該。」

正在何嫣歇斯底里大罵時，原本站在糧倉前的林鈞走過來，掄起手直接給了她一巴掌。

被燒的糧倉正是林老闆家建的義倉，林家是米商，此番踏白軍進府城大半的糧食都是出自林家義倉，後來踏白軍匯合入府城時帶來的糧草也放在林家義倉中。

今日何嫣一把火，不知道燒了多少。

方才她看見林鈞趕過來時，臉色蒼白氣息紊亂，如今更是氣得整個人都在顫抖了。他打完何嫣，拿手指著她，厲聲說道：「是，沒錯。我林家卑躬屈膝奉承討好，就為了能在胡契人眼皮子底下掙幾個臭錢，自己都覺得噁心。妳我皆如此，就不想抬起頭來做人嗎？他胡契人難道是天生尊貴嗎？」

何嫣被打得唇角出血，抬起頭恨恨地看著林鈞，道：「抬起頭來做人？我是什麼人，你是什麼人？一入娼門我這輩子還能抬起頭來？橫豎漢人和胡契人都瞧不起我，人往高處走，水往低處流，自然是哪邊發達我便去哪邊！」

「妳！」林鈞指著她，原本蒼白的臉色都氣紅了，一句話也說不出來。

段胥拍拍林鈞的肩膀，讓他冷靜下來。他彎腰望著何嫣的眼睛，淡淡道：「妳是怎麼騙過看守，進的糧倉？」

何嫣低頭，陰惻惻地笑起來：「看守又怎麼，看守也是男人。」

圍觀的老頭見觸到了自己通曉的祕聞，便小聲對賀思慕道：「今日糧倉當值的領班小謝，從前和何嫣相好過一陣。怕是動了惻隱之心，誰知這女人這般瘋魔。」

段胥目光慢慢暗下來，望著何嫣不說話。何嫣在段胥有如實質的目光下瑟縮了一下，忽而又變得更瘋狂，她一邊笑一邊哭，淚從青紫腫脹的眼角流下來，滑稽又可憐。

「你們這些高高在上的傢伙……我就是死了，也絕不放過你們！必化厲鬼，與你們糾纏！」

她忽然衝向糧倉壁，作勢要一頭撞死。

段胥並未出手阻攔，剎那間卻見一個身影從人群中跑出，掠過他身邊伸手便將他腰間的破妄劍拔出，寒光四射之間一把拽住即將撞在牆上的何嫣。

然後那人手中的劍方向一轉，精準而無猶豫地抹了何嫣的脖子，鮮血四濺。

眾人寂靜裡，賀思慕握著破妄劍，何嫣倒在地上，血順著劍身滴在從她身體裡流淌出的血泊中。

想化為厲鬼？還是別了罷。

說實話，她對何嫣求死沒啥意見，但對她期望成為惡鬼的遺言十分有看法。

這瘋姑娘怨氣重心結深，若自殺而死不出意外就是遊魂，過個百十來年很有可能化為惡鬼。

可是怎麼著，何嫣想做惡鬼，也得看她賀思慕願不願意收罷？這種讓人頭疼的臣民，還是越少越好。

破妄劍主仁慈，是殺人劍也是渡人劍。被它所殺之人，怨憤消散，即刻往生，不化遊魂。

第七章　現身

「叮噹。」

正在圍觀眾人騷動之際，破妄劍落在地上，賀思慕突然掩面而泣，哭道：「我涼州被胡契人所屠，父老鄉親都死在胡契人手裡，她這樣大放厥詞，我一時被氣憤沖昏了頭腦……恨不能手刃奸人……」

她正準備癱倒在地上結結實實地鬧一場，就被一雙手扶住了胳膊，並且由於扶得太穩不好表演倒地。

賀思慕轉頭望去，只見段胥意味深長地看著她，他一手抓住她的胳膊，另一隻手彎腰撿起地上的破妄劍，重新插入刀鞘中。

破妄劍只有在它認可的人手中才會開刃。方才它在賀思慕手中，也是鋒利無比。交錯間，段胥以唯有他們兩個人才能聽見的聲音說：「不要隨便拔我的劍，我剛剛差點殺了妳。」

賀思慕其實有所察覺。方才她拔劍出鞘時段胥下意識就要對她出手，不過強行克制住了。若是段胥沒能克制住——很遺憾，受傷的也只會是他。

她淚水漣漣地望著段胥，顫巍巍大聲道：「還請將軍大人莫要怪罪我。」

段胥挑挑眉毛，他輕笑著伸出手去，以拇指抹去她臉上所濺的血跡，說道：「賀小姐是我踏白的功臣，悲從中來怒殺歹人，我自然不會怪罪。」

頓了頓，他輕聲說：「妳是怎麼哭得出來的？」

「咬舌頭。」

「感覺不到疼？」

「不會。」

「對自己下嘴輕點兒罷。」

二人低語交談間，林鈞走過來，氣得跺腳道：「還沒問出何嫣是怎麼進糧倉的，賀姑娘怎麼能這麼把她殺了！」

賀思慕牽著段胥衣袖躲在他身後，段胥配合地伸出手護住她，轉過頭對林鈞笑道：「審問今日當值的看守也是一樣的，所幸燒得不多，並無大礙。」

他吩咐士兵收拾現場，遣散圍觀百姓，並責令韓校尉加強糧倉看護，提今日當值的士兵來審問。然後護著賀思慕的肩膀，按照他承諾的那樣先把她送回家。

走在回府的路上，段胥問道：「妳為何要渡她？」

看樣子他也知道破妄劍的意義。

「怎麼說呢，你就當我可憐她吧。」賀思慕看了段胥一眼，反問道：「將軍大人，你的破妄雙劍是怎麼得來的？」

「這件事情說來話長，有一日我在南都的橋上遇見一個老人家⋯⋯」

這熟悉的開頭一出，賀思慕幾欲翻白眼。

段胥卻笑起來道：「這可是真的。我在橋上遇見一個非常年輕的男人，非說自己是幾百歲的老人，他突然叫住我贈予我這柄劍，說破妄劍便是破除妄念，渡生人怨氣，所殺者不入邪道即刻輪迴。若是有緣，它或許會認我做主人。」

年輕的百歲老人。

賀思慕沉默片刻，若是她沒有猜錯，這個老人家前些日子才去世，活了近五百年。柏清，修仙大派星卿宮的前任宮主，主壽的天梁星君，是世上最長壽的凡人。也是她母親、姨母和姨父的師兄。

一個又一個百年過去，無數故人塵歸塵土歸土，原本唯有她和柏清還在世上，現在連柏清也走了。雖然她和這位嚴肅古板的長輩並不親近，但此後她在這個世上，真的煢煢獨立。

她索性給自己放個長假，跑出來散心。沒想到遇到這個渾身是謎的傢伙，居然還是從柏清那裡得到破妄劍的。

柏清是這世上卜算最準的人，他是算到了什麼才把破妄劍給段胥嗎？該不會⋯⋯他知道段胥是可與她結咒之人，才留下這個引子，讓她找上段胥？

賀思慕抖了抖，她向來不喜歡柏清，是因為柏清算卦太準讓人發毛。

段胥將賀思慕送到林家宅院，便說他還要去調查糧倉失火之事，先行告辭。

「段將軍。」賀思慕叫住準備轉身的段胥，她盯著他的眼睛，微微笑道：「我行事怪異，你不怕我真的是裴國公，或者是丹支的人麼？」

段胥深黑明亮的眼眸眨了眨，認真地說：「妳會是聽命於人的人嗎？我看妳這頭骨，便是生來不服管，要自己做主的姑娘。」

他眉眼微彎，笑得過於耀眼了。

賀思慕微微瞇起眼。

剛剛段胥在百姓面前說撲救及時，糧草大多得以保存下來。但是在她看來，段胥只是在安撫人心。

那火勢之下，糧草能剩下五分之一已是大幸。在這樣的圍城困局裡，段胥能悠閒地閉門不出，無非仗著城高牆厚，還有糧草充足。如今糧倉失火損失慘重，原本危機四伏的府城雪上加霜，不知道還能撐多久。

這小將軍還笑得一副不諳世事的樣子。賀思慕想她多年未到人間來，最近的活人可真是越發新鮮了，這完美頭骨裡的腦子，真叫她捉摸不透。

她並未細問，與段胥道別後目送他遠去。待段胥的身影消失在街頭置辦年貨的熱鬧人群中時，她喚道：「杜正。」

這便是晏柯幫她找到的遊魂名字。

一個年輕男人的鬼魂飄到賀思慕身後，這個鬼魂剛死沒多久，按理說還是無意識的遊魂，不能變成厲鬼。賀思慕卻特別給他授靈，點醒了他的意識。

「杜正，岱州人士，你生前曾侍奉岱州段家老太太，後成為段胥的隨從。天元五年八月，你跟隨段胥去往南都的路上，在順州古郜遭歹人劫掠而死。」

杜正跪在地上，邊拜邊道：「稟王上，沒錯。」

「你剛剛看清楚了，跟我說話的那位，可是你侍奉的段家三公子，段胥？」

杜正直起身來，望向段胥消失的方向，年輕的臉上全是困惑。

「方才那位公子？雖然已過了多年，小奴也能看出來，他並非三少爺。」

「那他是劫掠你們的歹人麼？」

「也不是……小奴從沒見過他。」

果然如此，那段胥身上所有的古怪都可以說通——他是個冒牌貨，不僅並非皇親國戚三代名臣的段家公子，倒有可能是個胡契人。看著他幫大梁打仗還挺積極，炸胡契人時還很快活，也不知對自己的故土有什麼深仇大恨。

賀思慕有一下沒一下地轉著腰間的玉墜，問道：「真正的段胥在何處？」

「小奴不知。小奴死時，歹人正追著要殺少爺，不知最終如何。」

賀思慕點點頭，道：「你去罷。」

杜正拜倒，消失在一陣青煙裡。

段胥回來便提審了當日糧倉值班的眾人。糧倉乃是重地，除了原本就巡邏保護糧倉的林家僕役之外，踏白也分出兵力專門保護糧倉。如今卻被一個瘋癲的青樓女子放了大火，這太不合理。

當值的領班小謝伏在地上痛哭流涕，他說見何嫣可憐便收留了她，誰知她給他下了迷藥偷了糧倉鑰匙和構造圖。她潛入糧倉時他正在昏睡，並不知道她如何躲過巡邏的人。

段胥雙手在下巴處交疊，淡淡看著堂下的小謝。何嫣原本是大戶人家的女兒，父親曾是監督工事的小官，因而對建築構造十分瞭解，知道如何放火不好撲滅。此外，她也明顯知道林家和軍隊兩邊的巡邏時間排班。

無可否認的一點是，他們之中出了奸細，暗中指點何嫣完成這一切，想要逼迫他們因缺乏糧草而投降。

「賀姑娘突然跑出來殺了何嫣，我覺得此事有蹊蹺，她莫不是想殺人滅口？」吳盛六道。

段胥搖搖頭：「不是她，她不知道糧倉的布防。」

「可她為何要殺……」

「當時我也在場，我並非不能阻止她。不過我料想奸細能讓何嫣暴露，自然不會讓她知道太多，從她嘴裡得不到什麼有價值的訊息。若何嫣死了，倒讓他放鬆些警惕。」

段胥令統管糧倉布防的韓令秋徹查布防洩露一事，林鈞也表示他會查一遍林家管理糧倉的僕役，看除了小謝之外還有沒有別人參與此事。

相比於找出內奸，現在還有更緊迫的事情。

段胥從座位上站起來，望著堂下的眾人，這些是跟他一路從涼州殺過來的軍官，吳郎將、韓校尉、孟晚還有在朔州鼎力相助的林鈞。

他沉默了一刻，然後如往常那樣笑起來，說道：「我已封鎖消息，但是在座各位我並不想隱瞞。城內剩餘的糧草，只夠我們軍民再撐三十日。」

因段胥笑得過於雲淡風輕，這場面生出一種說不出的怪異，明明是危急萬分的消息，倒像是隨口說了句今日的天氣甚好似的。

吳盛六睜大眼睛，想要發作但又想起來，段胥就是這麼個不知死活只愛笑的性子，只能憋悶地說道：「大不了我們出城與他們血戰到底，多殺幾個胡契人也算是值了！」

段胥擺擺手，笑道：「還不到魚死網破的時候。」

吳盛六想倒也是，段胥這小白臉一貫狡詐得很，陰招一個接一個。從涼州到這裡他都準備魚死網破好幾回了，愣是一次都沒用上。

段胥回身走到營內掛的朔州地輿圖邊，拿手指指向府城東側的山：「敵軍來前我派人勘探地形，在鵬山之陽發現一條隱蔽的小路，高可過馬寬約能五人並行，直通敵營後方。有道是來而不往非禮也。他們燒了我們的糧，我們就搶他們的糧作為答謝。」

吳盛六眼睛一亮，繼而又猶豫：「這……行得通嗎？」

「無論能否行得通，都要做。總比坐以待斃好，對吧？」段胥笑意盈盈。

林鈞聞言便行禮，說道：「胡契人運糧過來，定要經過北邊幾座城池，我們林家亦有宗族親戚在北邊。我試著用信鴿聯繫他們，看是否能請他們幫忙盯著糧車動向。」

段胥點頭：「有勞林老闆了。」

堂上諸人一番排布商量，各自領了任務，待此事商定眾人散去時，韓令秋卻叫住了段胥。

「將軍大人。」

段胥回身看向韓令秋，他目光閃爍著，向段胥行禮道：「將軍，可否借一步說話。」

段胥上下打量他片刻，笑道：「好。」

他們走到軍營邊的僻靜之處，韓令秋似乎還有些猶豫，咬咬牙說道：「將軍請我徹查糧倉被燒一事，我之前有些問題不明，還想請將軍指點。」

「你說。」

「將軍……炸關河的時候，是怎麼預料到胡契人會偷襲的？」

段胥明朗地笑起來，拍拍韓令秋的肩膀道：「我還以為是什麼事情，這說來也簡單。」

「率軍增援的呼蘭軍主帥阿沃爾齊和宇州戰場的主帥豐萊關係一向不睦，摻和進丹支王庭繼承人之爭後，兩邊各支持一位皇子，更變成了死對頭。如今宇州戰場僵持不下，豐萊本就顏面上掛不住，待阿沃爾齊奔赴支援，功勞豈不都落入他人之手。」

「我率軍打進朔州，占據府城，更以《蒼言經》中的寓言來詐丹支守軍，早就惹得丹支王庭大怒。豐萊若是能收回朔州府城並拿到我的項上人頭，不僅挫了阿沃爾齊的威風，更能給自己添上一功。所以我算準了他會趕在呼蘭軍來之前偷襲我們，讓孟晚盯緊他們的動向，待他們過關河之時引爆準備好的炸藥。」

段胥解釋得詳細而清楚，他雖然不會提前告知屬下他的籌謀，卻是有問必答。

韓令秋安靜地聽著，然後抬起目光看向段胥，按緊腰間的劍。

「我在邊關多年，將軍大人說的這些我卻都沒聽說過。將軍大人您第一次來軍中，為何對丹支的事情如此瞭解呢？」

段胥望著韓令秋疑惑而堅毅的目光，他哈哈一笑，語氣平常而緩慢。

「韓校尉，這是在懷疑我？」

「末將只是……」

「只是懷疑我與丹支有關係？」

「末將……」

韓令秋本就是個沉默不善言辭的人，此時被段胥說中了心思，一時間不知道如何含糊過去，索性抬眼看著段胥，徑直道：「是。」

段胥哈哈笑起來，他倚在牆邊抱著胳膊，也不生氣：「我讓韓校尉查奸細，想不到第一個查到我的頭上來了。你是怕我勾結了胡契人，在這裡演戲？」

韓令秋的懷疑不無道理，前朝有過先例。幾十年前胡契人還在中原邊界騷擾時，曾有大晟朝的將軍與胡契人互通，配合著演出大勝胡契的戲碼。那將軍不僅得了無數軍功，還向朝廷要錢要糧，轉而再分給胡契人好處。

後來那將軍又故技重施找胡契人演戲，暗中透露軍情讓他們侵吞三州之地。等他打算自己粉墨登場收回失地時，胃口大開的胡契人已經不滿足他提供的錢糧，長驅直入，最終引來了大晟朝的覆滅。

「末將……不知，所以想請將軍解答。」韓令秋俯身拜道。

段胥笑意盈盈地看了韓令秋一會兒，說道：「我為何一定要給你答疑解惑？」

頓了頓，他說：「韓校尉一直對我緊盯不放，莫不是還覺得我們從前認識？我聽說韓校尉是從丹支逃到大梁的，和丹支的種種關係恐怕比我還多吧？」

「丹支那些事，我都不記得……」韓令秋急忙解釋道。

「你既然不記得了，為何覺得我是你的故人，或許還是在丹支的故人？」

段胥靠近韓令秋，他揚起下巴有些挑釁地看著韓令秋：「韓校尉，你既然給不出答案，為何來問我要答案？我若有誅心之言，說你自丹支而來背景不明，很可能是細作，你要如何辯駁？」

韓令秋沉默了，他臉上長長的刀疤在沉默中顯得更加陰鬱可怖。

在這種劍拔弩張的時刻，段胥突然不合時宜地大笑起來，他一派輕鬆道：「敢懷疑我也算是有膽識。韓校尉，今日之事我便當沒聽過。你放心，朔州府城若真陷落了，我絕無獨活之理。」

他後退幾步，抱拳行禮然後轉身遠去，圓潤上挑的眼睛含著一層光，藍色衣帶飛舞如同少年意氣。

韓令秋眸光微動，他分明覺得他在什麼地方見過這樣一個人。

這種人太特殊，他沒有認錯的道理。

賀思慕想著她算是探到段胥一層底，雖說還不知道這小子究竟是何方神聖，反正不是真的段胥。再這般試探下去，不知道要探到猴年馬月，該找個時機跟他攤牌，好好聊聊他們之間這筆借五感的生意了。

這世上會有人對於鬼王的力量無動於衷麼？雖然她覺得那榮華富貴、功名利祿無聊至極，但若是段胥想要，她也能斟酌著給給，可不能什麼都答應——比如他要是想把如今大梁的皇帝踹下來自己上去，她是不幹的。

不過段胥想要的東西，會這麼尋常麼？

偏偏這段時間段胥忙得跟個陀螺似的，擋回兩次丹支的攻擊，見縫插針的加固城牆，還揪住了意欲挖地道攻進府城的丹支軍隊，一把火把那些人熏死在地道裡了。彷彿這敵軍是不知道從哪裡會冒出來的地鼠，他就是拍地鼠的千手觀音。

賀思慕沒找到什麼好的時機，只能偶爾以魂魄虛體的狀態在他周圍轉悠轉悠。

到了臘八節，踏白軍給百姓該施的粥不少施，該賀的禮也不少賀，朔州府城內一副太平盛世的模樣。

這歡樂的氣氛，讓賀思慕彷彿看著渾然不覺死期將近的囚犯吃斷頭飯。

待到子時段胥終於忙完了回到他的臥房裡，點上燈準備洗漱休息。他看不見房間裡正有個不速之客——賀思慕坐在他的檀木椅子上，饒有興致地打量著這位準交易對象。

一貫喜歡獨來獨往的段胥並不叫人侍候更衣，堂堂踏白將軍連個像樣的下人都沒有。

燈火昏黃下，段胥脫去鎧甲和外衣，單薄的衣服勾勒出修長結實的身材。他並不是吳盛六那種力量型的大塊頭，更偏向於韓令秋那樣的敏捷型體魄，像一隻悄無聲息的雪豹。

賀思慕邊看邊想，以段胥之前和吳盛六比武的情況、戰場上的表現來看，他的知覺應該很敏銳，反應迅速得異於常人。

——他的知覺是凡人中的上品，借來體驗該是不錯的。

在段胥回來之前，賀思慕已經在他的房間裡轉了一圈，看到他書冊中夾著的小畫落款是他的名字，架子邊還立著簫。

風夷說在南都，段胥的琴棋書畫美名在外，想來這總不會作假，段胥不至於是個色盲樂盲。

賀思慕煞有介事地評估了段胥的五感一番，然而能承受與她結咒的凡人這世上寥寥無幾——三百年就遇見這麼個段胥，就算他確實是個色盲樂盲，她也沒法換人做交易。

思索之間，她面前的段胥開始脫裡衣，淺色的裡衣褪至他的臂彎間，露出白皙的皮膚，流暢的筋骨線條——還有縱橫交錯的傷疤，襯著他的皮膚彷彿冰裂紋白瓷。

這些傷疤位置凶險但顏色較淺，看起來都是陳年舊傷。

賀思慕一想，可段胥現在不過十九歲，陳年能陳到哪裡去？六七歲麼？

這小將軍小時候到底在幹嘛？

待衣服落到段胥腰間，賀思慕冷不丁看見他的腰上有一片傷疤，像是烙鐵烙上什麼，後來又再次燙平。正在她想看仔細時，段胥突然撈起了落下的衣服，那傷疤又被掩上。

他抬起眼眸環顧著空無一人的房間，皺起眉頭低聲道：「奇怪。」

賀思慕站在他面前不足三尺的地方，等著他繼續脫衣服。

她老爹十分擅長解刨人體，她年幼時就不成體統地跟著他爹看了不知多少裸體，早已見怪不怪。

可段胥卻慢慢地把脫去的裡衣穿了回去，他四處檢查門窗，面露疑惑之色。很明顯他應是覺得有人在看他。

事實上沒有人在看，倒是有鬼在看。

賀思慕眼見著段胥澡也不洗了，把裡衣穿得嚴實而妥帖，走到床邊躺下歇息——被子也裹得嚴實，一絲春光都不露。

這小將軍警惕心還挺重。

賀思慕穿牆而過離開他的臥房，心想他之所以喜歡獨來獨往，怕不是因為感覺過於敏銳，有人在周圍就會精神緊張罷。

總之，作為她的結咒人還算夠格。

臘八節的晚上，段胥睡得並不安穩。睡前他總有種怪異的感覺，彷彿身邊有過於強大的力量壓得他喘不過氣。由於多年來他的直覺十分精準，一整晚他都處於無法放鬆的緊張狀態。

這種緊張，從他十四歲後真是久違了。

於是第二日段胥精神不大好，頂著兩個黑眼圈出現在軍營裡。吳盛六一看見段胥就哈哈大笑起來，昂首挺胸地走到他身邊，說道：「將軍到底是年紀小，大事臨頭也會怕得睡不著覺。你放心，今日有我吳盛六打頭陣，肯定萬無一失。」

吳盛六平時被段胥壓制慣了，總算能找到機會在他面前逞逞威風，前幾日的「這能行得通嗎」竟變成了今日的「萬無一失」。

這臘八節隔日，便是他們定下從隱蔽山路去劫糧的日子。

段胥抬起一雙精神不濟的眼睛看向吳盛六，雖然他一夜未眠與今日劫糧沒有半點關係，但他還是順著吳盛六的意思笑道：「說的是啊，畢竟這是生死攸關的大事。若無膽怯之心，何來勇敢之義呢？」

正在吳盛六得了便宜，準備繼續逞威風的時候，段胥的手落在他的肩膀上，頗有幾分語重心長地說：「所以吳郎將，你得留在府城。」

「你這是什麼意思？不相信我吳盛六？」吳盛六氣憤了。

「若我回不來，你在城中統領全域，踏白服你，我也放心。城中的情況我已寫信告知秦帥，若宇州戰場形勢緩和，他便會想法調兵來救踏白。」

吳盛六愣了愣，他看看段胥，再看看孟晚，有些艱澀地說：「那……你為何不留在城中，讓我們去劫糧便好。」

段胥沉默了一瞬，他拍拍吳盛六的肩膀，笑道：「若劫不到糧而我還在城中，秦帥會救踏白麼？」

「同為大粱效力，秦帥怎麼會不救我們？」吳盛六摸不著頭腦。

「他自然會救你的踏白，卻不會救我的踏白。吳郎將啊，聽我一句話，你這脾氣可別想不開去做京官，如今的黨爭可真是水深火熱，去了就是掉進油鍋。」

段胥回過身去拿自己的頭盔。吳盛六看不見他的表情，只聽到他的感慨：「這油鍋裡，自己人可比北岸的敵人還翹首以盼，希望你去死。」

他這語氣彷彿說笑話，似真似假。

吳郎將愣愣的，只覺得自己又被這毛頭小子壓住了氣勢，可這小子嘴裡的話太高深又悲涼，讓他一時間無法回話。

他見段胥點了韓令秋和他的八百人馬，平靜自若從營帳中走出去。他突然想，這還是不滿二十歲的少年，比他足足小了近十歲。

怎麼他娘的有種被這小子保護的感覺？

在黑暗幽長的山道中，段胥與韓令秋帶兵疾行而過，朝著呼蘭軍後方運糧的必經之地而去。

山路陰暗潮濕，地面容易打滑，但段胥的步子仍然很快，而且已經是壓抑了速度的結果——韓令秋也一樣。他點的都是腳程快的士兵，整個隊伍如同飛一般。

段胥感覺到身後屢屢投來的目光，悠悠地說：「我睏乏得很，韓校尉要同我說兩句話，讓我提提精神麼？」

韓令秋吶吶道沒有，但是他渾身緊張的僵硬狀態，段胥感覺得清清楚楚。段胥回頭無奈道：「你莫不是還擔心我是奸細，一會兒把你們丟給胡契人，叫你們有去無回？」

「末將……並無此意。」

「不過韓校尉原是從丹支來的，若是歸降了胡契人便是如魚得水，豈不快哉？」

段胥將這頂大逆不道的帽子給韓令秋扣下去，韓令秋自然是不接的，立刻將這頂帽子掀起來。

「我從未向吳郎將或踏白隱藏我的來處，我已不記得在丹支的種種。從我被漢人夫婦所救來到大梁時，便已經是大梁人。」

「你只是不記得而已，倘若你在丹支尚有妻兒或父母兄弟，你還能了無牽掛地說你是大梁人嗎？」段胥利索地再將這頂帽子給他扣了回去。

韓令秋沉默了一瞬，奮力掙扎道：「將軍，我來大梁時才十四歲。」

十四歲的孩子能有什麼妻兒，他渾身新傷舊傷，也不像是有父母疼的樣子。

「即便沒有親人，若你從前同何嫣似的與胡契人十分要好，或者乾脆死心塌地信任他們，為他們做事呢？」段胥緊追不放。

「從前的事我不想想起來，只當過去的我死了。」

「如果有天你想起來了，要如何？」

「那也是別人的人生了，不是韓令秋的。」韓令秋終於一舉甩掉段胥扣來的帽子。他沒有注意到，原本是他在懷疑段胥，卻被段胥反客為主，變成他自證清白的辯論。段胥爽朗地笑起來，不再追問，似乎對這個答案還算滿意。他輕鬆地說：「別緊張，我就是想同你親近些，多說些話罷了。」

……還從沒見過用這種話題來親近的。

他們這麼小聲交談著疾行，不多時山路到了盡頭，光線亮了起來。山路的盡頭有些生了青苔的巨大石頭，隱匿在石頭之後往下看，便能看見山下歪歪扭扭的官道。這官道確實有些磕磣，看起來年久失修，怕不是前朝留下來的，到現在也沒有翻新過，丹支奪了江山卻懶得好好管理。

段胥帶兵隱匿在巨石之後，令斥候前去探查情況，他吩咐士兵排好陣型，待隊伍來到山下，他先將隊長射殺。隊長身死後先以弓箭手將敵人擊倒十之七八，再從左翼向下衝垮敵人車隊。

「目標是糧車，不要戀戰。」段胥再三重複道。

話音剛落，斥候來報糧隊出現。便見段胥問士兵要來一把十字弩，拿出一支箭搭在矢道上，端起弩一隻胳膊做支架，微微俯身瞇起眼睛瞄著校準的望山。

巨石距離官道尚遠，並且正颳著大風，對於優良的射手來說，瞄準一個騎馬行進中的人也有困難。第二步箭雨壓制只要大體位置對就行，要的是規模。

但段胥手上這個，是要一擊必殺的。

韓令秋有些擔憂，剛想勸說段胥換他來。便見寒風凜冽中，段胥眼睛眨也不眨，扳動了弩機的懸山。

霎那間箭矢破空而出，筆直迅疾地擦過空氣，爆發出撕裂的聲響，準確地穿過那帶隊的高馬上，胡契人的眼睛。

胡契人瞬間腦袋開花，慘叫一聲翻身掉落馬下，運糧的丹支士兵紛紛戒備。

段胥笑起來，抬手道：「放箭。」

一時間箭如雨下，敵人慘叫聲不絕於耳，韓令秋愣愣地看著段胥。方才那支箭穿眼而過的畫面在他腦海中揮之不去。

段胥射箭時習慣瞄準獵物的眼睛。

許多似曾相識的畫面在他腦海裡閃過，炸得他腦仁疼，段胥卻說：「韓校尉愣著做什麼，該下去了。」

他一撐石壁輕巧地躍下，抽出腰間的破妄劍，一左一右拿在手中一轉，鮮血四濺奪人性命。存活的丹支士兵很快被風捲殘雲地解決乾淨，他們控制住了糧車。

韓令秋稍慢一步，待他奔到段胥身邊時，段胥卻突然眼神一凝，一把推開他。

一支箭直直地擦著段胥的胳膊而過，劃出一道長長的血痕。站在段胥與韓令秋之間的大梁士兵沒能躲過，被一箭射穿，緩緩倒地。

段胥抬眼看去，從另一邊的山中冒出一群拉弓執劍的胡契人，居高臨下呈包圍之勢，看樣子有數千人，如一團巨大的黑雲包圍了他們。

他沉默片刻，笑道：「啊，原是螳螂捕蟬黃雀在後，我們中埋伏了。」這可真是不湊巧，倒像是他真的把他們帶給胡契人，叫他們肉包子打狗有去無回了。帶頭的胡契人站在山崖之上，以胡契語低聲訓斥了剛剛放箭的人，做出手勢示意段胥和韓令秋，然後放平手掌在空中一劃。

這種示意，表明段胥和韓令秋要活捉，其餘人等格殺勿論。

段胥看了韓令秋一眼，再慢慢地轉過頭來看向包圍他們的胡契人。掂了掂手中的劍，血從他受傷的手臂流下來劃過劍上的「破」字。

正在破字瑩瑩泛光時，一個突兀的聲音在山谷裡響起。相同的意思，漢語與胡契語各說了一遍。

「且慢。」

是個有點低緩的女聲，打破了劍拔弩張的氣氛。

官道上空山崖之下，晴天白日的烈烈北風中，憑空燃起一團湛藍的火焰。那團詭異的火焰彷彿無根之木，卻燃得異常熾烈，寒風竟然不能吹動它一絲一毫。

從火焰中生長出白色的絲線，如同結繭般一層層將火焰包裹起來，化為玉質的鏤空冰裂紋六角宮燈。從燈頂長出提燈的纖長槐木燈桿，漆黑發亮。

那燈桿之上漸漸顯露出一個女子的樣子，她翹著腿坐在槐木燈桿上，左手撫著詭異的燈火，右手搭在膝蓋之上。一身華麗的紅白間色曲裾三重衣，最外層鏽紅色的衣裳上繡著流雲忍冬紋，長髮垂落腰間以紅色髮帶繫住。

與華麗的衣服不同，她的面色蒼白如紙，唯有鳳目邊的小痣黑得顯眼。當真是冰肌玉骨，不似活人。

黑夜提燈，為人引路。

白日提燈，替鬼開道。

那女子微微笑起來，以胡契語對山腰上那些胡契士兵道：「我本一介惡鬼，不想摻和諸位這些事。只是剛剛一時嘴饞吃了被你們射死的小兄弟，他求我救這些大梁士兵，我答應了。」

剛剛被胡契人一箭射了個對穿的士兵倒在血泊裡，脖頸上隱隱浮現出齒痕。

她微微偏頭，說道：「諸位丹支的壯士，可否賣我這惡鬼個面子，把他們放回去呢？」

山上山下這群人都是一副大白天活見鬼的吃驚表情——這倒真的是活見鬼了。一時間天地寂靜，多數人都在揉眼睛懷疑自己看到了什麼，不能立刻回應她的發言。

段胥卻不眨眼地看著空中這個陌生的女鬼，抿了抿唇，然後喚道：「賀小小。」

那女鬼也不瞧他，像是不知道他在叫誰似的。

段胥笑起來，說：「別裝了。」

那女鬼似乎輕聲哂笑了一下，慢慢回過頭來。一隻黑色的烏鴉落在她的肩頭，繼而是漫天如黑雨一般的烏鴉密密麻麻地落在這一片山地之上，一隻隻睜著烏溜的眼睛到處瞧著。竟然沒有一隻烏鴉鳴叫，場面安靜得詭異。

她眨著漆黑不見眼白的眼睛，笑道：「還有人敢欺負你呢？沒想到我們小狐狸也有馬失前蹄的時候。」

山腰上的胡契人終於反應過來，他們顯然也被這詭異的景象所震懾，一陣窸窸窣窣的聲音之後，為首的那個軍官大聲喝道：「蒼神保佑，異教邪徒怎敢裝神弄……」

鬼這個字還沒說出來，賀思慕淡淡地「噓」了一聲，他的身上突然燃起藍色的鬼火，一聲驚叫之後頃刻化為焦黑的枯骨，垮落在地上。

賀思慕把眼神移過來，以胡契語笑道：「你以為我當真在同你們商量？活著沒眼色，死了總會認得我的。」

她以冷峻美麗的真身出現時，有種與賀小小完全不同的氣勢，懶散與嘻嘻哈哈褪得乾乾淨淨，便是笑起來也是凶狠、傲慢、不耐，彷彿是柄瞧一眼都會被割傷的刀子。

胡契人一見這形勢終於鬆動了，紛紛掉頭高呼蒼神降災，逃竄離開這詭異險惡之地，驚飛了一群烏鴉。

段胥轉過頭去，看見身邊呆滯的大梁士兵們，他們彷彿陷入某種幻覺中，站在原地一動不動。他沉默片刻，走到那被箭射穿，最終死於惡鬼之口的大梁士兵身邊。
那是個涼州來的孩子，不過十五歲。
他蹲下來，合上那士兵圓睜的雙目，輕聲道：「休息罷。」
然後他起身一步步走到賀思慕身邊，受傷染血的手握上那懸空的槐木燈桿，她轉過頭來，在漫天烏鴉飛舞間低眸居高臨下地看著他。
她的臉上濺了幾點血跡，應當是剛剛咬那士兵脖子時染上的。
段胥用乾淨的那隻手從懷裡拿出一方帕子，像他們初遇時那樣伸手遞給她，道：「擦擦臉上的血吧，惡鬼小姐。」
賀思慕看了他手裡的帕子一眼，目光再移到他的臉上，冷淡說道：「然後呢？」
「然後作為交換……」段胥拿著那帕子觸碰她的臉，她的臉冰冷得如寒風。
他將她臉上的血跡慢慢擦去，甚至是有點俏皮地說：「惡鬼小姐，能否留下我這段撞鬼的記憶呢？」
以大梁士兵呆滯的情形看，他們應該不會記得自己是怎麼死裡逃生的。想來丹支士兵更不會想起他們為何而退，領頭之人為何而死。
賀思慕靠近他，在很近的距離裡凝視著他的眼睛，想在他的眼裡尋找到一絲害怕或厭惡，來證明這嬉皮笑臉八風不動的樣子全是偽裝。
段胥眨眨眼睛，眼裡的笑意卻完全沒有一分作偽，他說：「怎麼，需要重新自我介紹麼？」

「在下名為段胥，封狼居胥的胥，字舜息。敢問姑娘為何方鬼？」

賀思慕低眸輕輕一笑，再抬起眼睛望著他清澈的雙目，一字一頓道：「在下不才，萬鬼之王。」

遣句謙虛，語氣卻輕慢。

她笑著將那染血的帕子從他手裡接過來，再將他受傷的左手上的血擦乾淨，慢慢說道：「很顯然，我不叫賀小小，你也不是段胥。」

第八章 交易

歷任鬼王各有各的本事，也各有各的脾氣，但有一點倒是出奇的統一——大家都是場面人，哦不，是場面鬼。

但凡在人世現真身，都是要一番排布，配個天地失色的大場面，然後施施然登場讓活人們驚懼顫慄，彷彿狼在羊羔面前亮一亮利齒般。

賀思慕現身這番場面，百隻烏鴉降落，鬼火燒人，已經詭異而凶惡得令人印象深刻了。

然而她面前這隻羔羊顯然有不同凡響的毛病，不僅不害怕，甚至還有點興奮。不僅興奮，還睜眼說瞎話道：「鬼王殿下這是在說什麼呢？我就是段胥啊，姓段名胥字舜息，外祖父起的名，父親給的字，貨真價實。」

賀思慕微微一笑，單手提著他的領子把他拎起來，親切和藹道：「你騙鬼呢。」

這倒是真騙鬼呢。

段胥任賀思慕提著他，他一點兒也不掙扎，眨眨眼睛從容以對：「此地不宜久留，鬼王殿下不如等我們回了朔州府城，再從長計議？」

「你這是在與我兜圈子？」

「妳怎知，我不是在求妳呢？」

段胥大大方方地粲然一笑，圓潤明亮的眼睛竟有幾分天真的意味。賀思慕瞇著眼看了他片刻，心想求人求得這麼硬氣的可真沒見過。

韓令秋一個激靈醒過來時，發現自己正牽著糧車沿著山中小路往回走。他怔忡了半天，看看自己手裡牽馬的繩子，再看看旁邊的糧車，又看看前前後後的士兵們，腦子裡如同一團漿糊。

方才……他們奪了糧車，卻發現遭了埋伏，然後……埋伏他們的胡契人不知道怎麼回事，竟然放棄這塊到嘴的肥肉突然撤走，他們便搶了糧車沿著山路往回走。

好像是這麼回事，但是事情的轉折實在太過怪異，像是哪裡突然漏了一環似的。

正在韓令秋仔細回想時，段胥一箭射穿敵人眼睛的畫面又浮現在他腦海裡，他不禁打了個冷顫。一些模模糊糊的畫面在他的腦子裡來回晃悠，看不分明卻又擾得人心浮躁。正在這時有人拍了拍他的肩膀，他下意識彈劍出鞘壓在對方脖頸，對方反應卻更快，一個旋身離他而去在三步之遙站定。

段胥笑意盈盈地揉了揉自己的脖子，道：「好險，韓校尉這是怎麼了？」

韓令秋瞪大了眼睛，氣息劇烈起伏著望著段胥，彷彿要把段胥盯出個窟窿來。直到他意識到山道裡的士兵們都停了步子，不安而迷惑地看著將軍和校尉的對峙，方才硬邦邦地說了一句：「方才遇險……太過緊張了，將軍莫怪。」

段胥搖搖頭，彷彿對韓令秋的異常毫不介意，寬和道：「無礙。我就是想對你說，待我們出了山道便把這山兩邊的石頭炸了堵住道路，軍中有奸細，他們知道我們要來劫糧必定知曉了這條路，留著便是大患。」

韓令秋行禮道：「是。」

段胥從他身邊走過，神態自若地走到隊伍最前面，看起來笑得和煦，他的手裡卻緊緊按著破妄劍。

韓令秋在紛亂的回憶和熟悉感中突然有種直覺，他從前若真和段胥相識，應該如同剛剛一般。

他們是這種劍拔弩張，刀劍相向的關係。

段胥走到隊伍最前面，不看後面的韓令秋，低聲感嘆道：「看看妳，把人家嚇成什麼杯弓蛇影的模樣了。」

走在他身邊，只有他能看見的蒼白美人轉過頭來，髮間銀色的髮釵流蘇顫動，她偏過頭微微一笑，顯然並不贊同，卻又懶得說什麼。

這一遭劫糧走得驚險，劫回的糧草又可再供府城二十餘日飲食，滿城的百姓終歸是可以把年關度過去了。待段胥一行從山道而下回到朔州府城中時，吳郎將罕見的十分熱情，派了不少人去接應，見段胥負傷竟然還露出幾分愧疚的神情。這委實讓其他校尉們大跌眼鏡，段胥卻彷佛這是天經地義一般，很從容地接受了吳郎將的熱情。

賀思慕看著這難得的和睦畫面，心想這小狐狸劫糧前那番話果然是為了收買人心。秦帥屢屢置他於險境，或許是真想殺他，然而他在去劫糧之前多半沒想到會這麼凶險。可他卻做出一副要為踏白赴死的悵然神情，讓吳郎將心裡愧疚。

段胥，真是千層紙，千層假意見不著真心。

到了晚上夜幕低垂，段胥安排好踏白軍大小事宜，終於可以回房休息了。他剛走進房間坐在床上，孟晚端著藥和紗布走了進來，要給他包紮手臂上的傷口。段胥推辭說他自己可以，孟晚有些著急，把藥往桌上一放道：「舜息，你傷的是手臂不方便包紮，就算不要我幫忙也該找別人照顧你。」

段胥覺得有些好笑，他徑直從桌上拿起紗布和藥，半褪衣服露出受傷的左臂，那傷口從大臂一直開到小臂，傷口約有半指節見深仍在滲血，之前只是簡單包紮了。他右手一解便將之前的紗布拆下，孟晚見他如此正準備幫他包紮，卻見他拿著藥瓶，雙指一挑將瓶口塞子打開，往傷口上一倒。然後拿著新紗布，一邊用嘴叼著一邊用右手拉著在胳膊上一路纏繞而下，最後俐落地打了個結，鬆了口。

整個過程乾脆俐落，須臾便完成，熟練得不像話。

孟晚的手僵在半空，段胥笑起來，甚至有餘裕揮揮包紮好的胳膊，說道：「我並未覺得不便，這點小傷還用不著別人照顧，阿晚早些休息罷。」

孟晚心想，認識段胥這麼多年，他從來沒有需要別人照顧的時候。你說他爭強好勝不肯示弱吧，他不是這樣的人，甚至還有些懶散。

卻又從懶散中，透露出一絲隱隱約約，不可撼動的強硬。

待孟晚無話可說地離開關上房門時，房間裡傳來了促狹的笑聲。

段胥望過去，一個面色蒼白鏽紅色衣裳的美人正坐在他房間裡的檀木椅子上，撐著腦袋轉著手裡的玉墜，巧笑倩兮。

他不驚訝，把自己的衣服穿好道：「鬼王殿下這麼輕車熟路，看樣子不是第一次來啊。昨夜……」

「昨夜我便在此，看你把上半身的衣服脫乾淨了，你此刻穿回去已然無法維護自己的清白了。」賀思慕語氣淡然，甚至於寬慰道：「皮囊而已，不必在意。」

頓了頓，她指指屋外的方向：「你是什麼時候和孟晚相識的？」

「我從岱州回到南都之後，和她同在楊學士門下讀書。」

「哦？楊學士這個名頭聽起來，不像是你那個被雁啄瞎了眼的胡契人師父啊。」

「常言道三人行，必有我師焉。我總不至於只有一個老師罷。」

賀思慕看著段胥一派真誠的眼睛，微微一笑道：「你這個人怎麼這般可憐，能叫得上名字的朋友老師，都是十四歲之後認識的。你十四歲之前都在幹什麼呢？」

她站起來，踩著淺緋色的翹頭錦靴，一步步走到段胥面前。她低下頭看著這個時時刻刻帶著笑容，目光總是誠懇坦然的少年，輕聲說道：「那位瞎了眼的師父，可是你十四歲前的老師？那失了憶的韓校尉，可是你十四歲之前的朋友？」

段胥仰著頭直視賀思慕的眼睛，並不躲閃。

「師父是十四歲前的師父，朋友卻不是。我十四歲之前，沒有朋友。」

賀思慕眸光閃了閃，眼神由漫不經心變得嚴肅：「你究竟是誰？」

段胥沉默地看了賀思慕一會兒，漸漸露出明朗的笑容，一字一頓說道：「段胥，段舜息。」

空氣彷彿瞬間凝滯，兩個人的目光膠著著，燭火光芒在兩人的面上跳躍著，微妙而危險的氣氛在這寂靜中越來越濃郁。賀思慕的身形一閃，下一刻段胥便被賀思慕按在床上掐住脖子。

賀思慕坐在他身上，沉下身望著他，手上的力量漸漸收緊。

段胥的手指揪緊褥子，眨了眨眼睛有些艱難地說：「鬼王……殿下，手下……留情。」

這種時候，他居然還在笑。

賀思慕俯身靠近他，長髮落在他的臉上，段胥或許是覺得癢而微微皺眉。

「你武功不是好極了，怎麼不掙扎，不反抗？」她淡漠地問道。

「在絕對強大的力量面前，所有技巧都不堪一擊。」因為賀思慕手上的力量放鬆了些，這句話段胥總算能順暢地說出來，不僅說出來還附上一句解釋：「我打不過妳，除了求饒別無它法。」

他倒是很有自知之明。

賀思慕輕聲笑起來，她說：「若我不饒你呢？」

手上的力量又有加強的趨勢。

段胥想了一下，抬起手來指指自己的頭，笑道：「殿下想收藏我的頭骨嗎？」

這一句偏題十萬八千里的話讓賀思慕挑了挑眉毛。

「不錯的建議。」

「我認為我五十歲的時候，頭骨會長得更好看。殿下要不忍忍等我五十歲，再來吃我？」

賀思慕睇著眼看了段胥半天，彷彿從他臉上看到「膽大包天」、「無所畏懼」、「伶牙俐齒」、「虛與委蛇」等一連串成語。

還要加上一句「死不招認」。

她與段胥對峙片刻，輕輕一笑收了手，居高臨下地看著段胥，慢慢道：「我不吃你，我是來與你做一個交易的。」

「這交易十分簡單，我會幫你完成你的願望，而作為交換你把你的五感借給我。每次願望換一種感覺十日，期間你會失去相應的感覺，而十日之後我會將這種感官歸還給你。也就是說，你將有很多機會向我許願。」

賀思慕提出的方式，乃是她仔細研究了明珠裡的咒文後，得出的最好結果。

她自然也想採用一勞永逸的方法，可每次借一種感覺十天是凡人身體能承受的極限，再多段胥的身體很快會垮，一勞永逸便是殺雞取卵。

就算用了她現在提的法子，段胥借五感給她的次數越多，他的感官會消退得越厲害。若非如此，明珠怎會三百年才找到段胥這麼一個可以承受這道咒語之人。

賀思慕將此番危險簡潔明瞭地知會段胥，並道：「先說好，願望亦有限度，不可太過影響人世。就譬如你可以許願我在戰場救你一命，但是不可許願我幫你贏得戰爭，你可明白？」

她做好了和段胥討價還價的準備，但段胥認真地聽她說完了話，便無辜地指了指自己和她道：「我們非得以這樣的姿勢說話嗎？」

段胥還仰面躺在床上，而賀思慕坐在他的腰上按著他的脖子。若是有人推門進來先被這旖旎又怪異的姿勢嚇一遭，再被賀思慕蒼白如死人的臉色嚇一遭。幸而賀思慕收了鬼氣威壓，如今眼睛已是黑白分明，不然還得嚇人第三遭。

賀思慕似乎並不覺得不妥，淡然道：「這樣的姿勢，怎麼了？」

段胥委婉地嘆道：「妳的身體不輕，而且很冷。」

寒冬臘月的天氣裡，她的身體跟外頭的冰坨子並無區別，可能軟了些。他剛剛受過傷失血很多，此刻本就畏寒，只覺得被她涼得打顫。

賀思慕瞥他一眼，輕巧地從他身上下來，坐在床邊。她剛剛待過的地方，觸手均是一片冰涼。

段胥坐起身來，他的衣服被賀思慕整得亂七八糟，此刻倒有了幾分南都浪蕩紈褲的氣概。他好整以暇道：「這麼說，鬼王殿下沒有五感？沒有味覺、嗅覺、色感、音感、觸感，那麼痛覺呢，也沒有嗎？」

那自然是——沒有的。痛是為讓活人規避死亡的風險而存在的，譬如人被火燒痛便不會碰火，死人死都死了，要痛有何用？

此外她手掌下棉布包裹的褥子，在活人的口中它們應該稱得上「柔軟」，不過在她手裡摸起來就跟桌椅板凳腿兒沒什麼差別——只是捏變形不太費勁罷了。

「顯然死人並不需要這些東西。」

「好可惜。」段胥感嘆。

賀思慕親切寬慰道：「沒什麼可惜的，等你死了也是一樣。」

段胥卻話鋒一轉，說道：「我是為自己可惜，想了半天，竟然想不到有什麼可以許的願望。鬼王殿下，我從來不許願。」

少年說得無比真誠，賀思慕只覺得他在說鬼話。

她這幾百年來借身體、吃魂火和無數活人做過交易，可從沒哪個活人說——謝謝，我活得很好死也安心，什麼都不想要了。人活在世上總有欲望，自然萬念皆空的僧侶道士倒是有可能無欲無求，但是段胥渾身上下可沒有半點萬念皆空的樣子。

「今日我不救你的話，你或許就要死在胡契人手下了。戰場可是個九死一生的地方，你確信若無我相助，你還能次次死裡逃生？」

段胥的眼裡委婉地含了一點笑，他支起腿撐著下巴，悠然地說：「無論如何，今日感謝鬼王殿下相助。」

他這個「無論如何」很有幾分「妳就算不救我我也能自己逃出來」的意思。賀思慕微微瞇起眼睛看了他半晌，她靠近段胥，在很近的距離裡看著他明亮深邃的眼眸，這次他的眼眸中終於映照出她蒼白的臉。

她低低地笑道：「小將軍，你還太年輕。須知道命運無常，令萬物匍匐，非凡人力所能及。」

段胥眨了眨眼睛，複述道：「命運無常，令萬物匍匐。」

然後他粲然一笑，眼裡有些輕慢和肆意：「可我亦無常。」

我亦無常。

我亦無常？

賀思慕想，行吧，這小子狂到沒邊兒了，沒救了，誰愛來教育誰來教育罷，總有他栽跟頭的時候。等他哪天真成了惡鬼，她可沒現在這麼好脾氣。

她一擺袖子從床上起來，作勢不想再聊就要走，剛邁出一步卻受到了阻力。她回頭看去，段胥牽著她的袖子，白皙的手指在鏽紅色——在她眼裡是黑色的衣袖上十分明顯，他笑得明朗：「鬼王殿下的衣服，好生華麗，不似凡物。」

這話再次偏題十萬八千里，且說得十分含蓄。現在南都的姑娘們都是窄袖衫羅裙，賀思慕若是走在南都街上，這身曲裾三重衣大約像個剛從古墓裡出土的。

賀思慕微微一笑，說道：「小將軍若是有興趣，刨幾個三百年前的墓，包你看個夠。」

段胥笑著，手指卻用了點勁兒，拽住她的袖子。任他有多大的力氣也攔不住她，這麼點兒力氣，卻隱隱約約透露出幾分討饒的意思。

賀思慕挑挑眉毛，目光移到他的手上：「你手上沒有繭子，傷也是新傷。」

她最開始被這雙手騙了，還以為他是個規規矩矩的讀書人。

「啊……」段胥的目光落在自己的手上，他淡淡道：「以前有繭子也有傷疤，後來用藥去掉了。平日裡別人能見到的地方，痕跡都去得乾淨。」

「什麼時候去的？」

「十四歲。」

段胥答得十分流暢自然，可他實在太常故弄玄虛，以至於這看起來真誠的對話，也不知道是真是假。

他拉著她的袖子，道：「鬼王殿下就不好奇麼，這段時間以來許多事情，韓令秋到底是怎麼回事？內奸到底是怎麼回事？」

賀思慕看了他半晌，露出虛假的笑容，她索性一擺衣袖甩開他的手，卻坐在他的床榻上。她一翻身脫了鞋翻進他床榻裡側，扯來他的被子半躺在他身側。

這下輪到段胥睜大眼睛驚詫地望著她，賀思慕伸手拉開頭上的髮帶，一打響指髮帶便化為青煙消失，一頭如墨長髮落滿了床鋪。她蒼白的皮膚如同白雪覆蓋於烏枝紅梅之上，豔烈得攝人心魄。

「小將軍不是捨不得我走麼？那我便留下來好好聽，正好我著實很感興趣。」賀思慕指指身下的床鋪：「今晚我就睡這兒了。」

段胥難得僵住，他眸光微微閃爍。尋常的正經人，而且是讀過四書五經的正經人，此時應當要說些男女授受不親，有辱斯文的話。

但段胥明顯不是什麼正經人，他只是無奈地嘆氣道：「那我今晚恐怕又睡不著了。」

「說啊，韓令秋怎麼回事？」賀思慕才不管他睡不睡得著。

「韓令秋並沒有展現出他真正的實力，我之前看過他校場比武，或許是為了感謝吳盛六的知遇之恩，又或是為了別的，他刻意隱藏他的身手，屢屢敗在吳盛六手下。今日他出鞘架在我脖子上的反應，可比他校場比武快了不知多少倍。他自丹支而來，鬼王殿下可知道丹支王庭下，有個機密組織，叫做『天知曉』？」

「人世這些亂七八糟的事情，我大多不關心。不過既然是機密，你又是怎麼知道的？」賀思慕悠然道：「你和丹支王庭有什麼關係？」

段胥笑笑，並不答賀思慕的話，只是接下去說道：「天知曉向來神祕，專為丹支王庭培養忠心不二的死士，這些死士往往窮盡人之潛能，十分強悍，而且每年只培養一人。我猜韓令秋失憶之前，應該是天知曉的人。」

猜？他真是太謙虛了，賀思慕心想這可不是隨隨便便能猜出來的，她跟著段胥和韓令秋一路聽了他們的對話。段胥多半以前就見過韓令秋，還和韓令秋很熟悉。

「所以呢？你覺得他並非真的失憶了？你懷疑他就是內奸？」

按道理說去朔州接她遇伏、糧倉失火、劫糧被圍，每件事情都多多少少與韓令秋有關。而他丹支人的身分，和自稱失憶的情況都令人懷疑。

在劫糧被包圍之時，胡契人要留段胥和韓令秋兩個活口。段胥是主將自不必多說，韓令秋只是個名不見經傳的小校尉，丹支要活捉他做甚？

若韓令秋是奸細，那麼胡契人下令不傷他便有了解釋。

段胥皺皺眉頭，他雙手交疊，漫不經心地十指相扣再鬆開：「現在還不能確定，不過應該很快就能確定了。鬼王殿下定有一番好戲看。」

賀思慕心想，這可真是好一番約等於什麼都沒說的廢話。

段胥以一聲嘆息乾脆俐落地終結了話題，大大方方地脫去外服只留單衣，然後一掀被子躺在床上，他望了賀思慕一會兒道：「要不要分一半枕頭給妳？」

賀思慕枕著自己的胳膊，淡淡道：「夜半三更，一隻惡鬼躺在你的床上，你就不害怕？我可是吃人的。」

「爭地以戰，殺人盈野；爭城以戰，殺人盈城。此所謂率土地而食人肉。這麼看，我們算是同行。」段胥笑著說道。

爭地以戰，殺人盈野；爭城以戰，殺人盈城。此所謂率土地而食人肉。

段胥四書五經背得倒挺溜，可見榜眼應該是自己考的。不過孟子老人家雖不喜歡戰爭，可也不至於把將軍和惡鬼相提並論。

不過這世上，生老病死，戰爭興亡，哪一件不吞噬無數人命。惡鬼食人，相比之下竟顯得微不足道。

賀思慕看著段胥慢慢閉上眼睛，因為失血和疲憊而略顯蒼白的臉色印在昏黃燭火之下，他的呼吸平穩，微微吹動臉上散落的碎髮。

她伸出手指放在他的鼻子之下，卻感覺不到任何東西。

那傳聞中氣息吹拂在手上的感覺，溫熱的感覺，什麼都沒有。

她能看見天地之間的風，能夠預測最細小的氣候變化，但是卻不能感受。

便是這般段胥也沒有被她驚醒，睡得很安穩，賀思慕低聲說道：「沒一句真話，這小狐狸。」

其實這一遭賀思慕冤枉了段胥，他真以為自己會難以入睡，可這一覺他睡得很好，好得讓他自己都奇怪。

當段胥睜眼被早上明亮的日光刺痛雙目之時，他怔忡了一會兒，開始認真思考自己是怎麼睡著的這件事。

想來想去或許是因為對於他來說，死人比起活人要熟悉得多，且令人放心。

早上醒來時那蒼白妖冶的鬼王殿下已經不在他身側，段胥伸出手臂壓在她躺過的地方，那地方由於他體溫的緣故已經有了幾分暖意。後來她的身體沒有最初那麼冰冷，想來便是死寂的身體，也能捂熱的。

段胥想起第一次看見她時，在涼州府城裡，朝陽破雲，從她背後的樓閣間升起。她站在長街上，伏屍遍野之間，渾身染血，臉上也是血，殷紅一片，手裡抓著一個死人的頭顱。

烏鴉，黑色的烏鴉，漫天鳴叫。

牠們圍繞著她，密密麻麻地落在盈巷的屍體上，落在她肩膀上，而她的神情淡漠。

這是他第一次從活人的身上，如此具象地看見死亡。以至於之後每一次他看見成群的烏鴉時都會想起這個姑娘。

光芒從她的身後漫過來，當陽光清晰地照亮她的臉龐時，這個姑娘笑了。

她笑起來，明豔動人地笑起來，扔掉手裡的頭顱，向他跑來說道：「將軍大人，胡契人撤退前屠了城，我怕得要命。您是來救我們的嗎？」

那時他就知道這個姑娘絕不尋常，演技也不算高超。不過他沒有料到，她會是鬼王這樣的人物。

段胥微微一笑，翻身從床上坐起來。

最近沉英非常擔心他的小小姐姐，因為小小姐姐似乎太愛睡覺了，臘八節次日甚至從午時一覺睡到了第二天清晨，但凡是個正常人都不會睡這麼久啊！

賀思慕回到那借用的身體裡，一睜眼就看見沉英趴在她床前，跟個霜打的茄子似的，耷拉著腦袋。

賀思慕心想這兩天他好吃的也沒少吃，怎麼還不開心了？

「小小姐姐，妳要跟我說實話。」一看見她醒過來，沉英板著圓潤的小臉，嚴肅地說：「妳是不是生病了？」

頓了頓，沉英補充道：「大病的那種，治不好的那種。」

「……」

賀思慕揉揉額頭起身，順著他說道：「對，沒錯。」

沉英愣了愣，眼看著就要紅了雙目嚎啕大哭，卻被賀思慕制止。她伸手揪住沉英的鼻子，說道：「我這是害了相思病，相思之苦無藥可醫，真愁人。」

沉英圓溜溜的眼睛直轉，被捏著鼻子囔聲囔氣地興奮道：「是段胥哥哥嗎？」

看看，果然立刻就興奮了，這小孩真是對八卦抱有異常的熱愛。

「你猜呢？」賀思慕露出燦爛的笑容。

她休沐遇見段胥，生生把休沐變成了元宵節——成日猜謎。這小子還嘴硬的不肯與她交易，打得一手好太極，她就不信他能順順利利守下這座城。

她起床洗漱時，沉英一溜煙就跑出去了，過了好一會兒才跑回來，滿頭大汗兩眼放光：「小小姐姐，我聽他們說，將軍哥哥要辦比武賽呢！」

賀思慕邊擦手邊挑眉道：「嗯？」

都火燒眉毛的時候了，內憂外患在前，段胥還有閒情逸致辦比武？

沉英此番是為他害了相思病的姐姐，去打探她心上人的消息的。他大街小巷跑了一圈，收集來的消息說，再有一段時間便是新春佳節，段胥稱將士們死守朔州府城尤為不易，特地舉辦一個簡單的軍中比武以做慶祝。

賀思慕一邊聽著沉英興高采烈的彙報，一邊想著段小狐狸的比武絕不可能僅僅是比武。

他這是又打什麼壞主意呢？怕是在籌畫他說的那番好戲了吧。

賀思慕整整衣服，笑著牽著沉英的手邁步出門：「走，吃早飯去。」

段胥能弄出什麼名堂，他是否真的能不向她求助，她暫且拭目以待了。

從劫糧被圍事件中死裡逃生的段胥，很快又開始了和城外丹支軍隊的見招拆招。火油、沸水、滾石，輪番往攻城的軍隊身上招呼。垛口外側掛來防禦的皮簾每天都能收到許多敵方的箭矢，再化為大梁軍的武器儲備。他還專門安排了「甕聽」的人，在井口聽動靜，以防丹支軍挖地道而來。

雖然說軍中如今存在奸細且並未查出是誰，段胥的計畫多有掣肘，但幸而他原本就是個專兵的將領，先做事後解釋已成習慣，連他的手下都常常對他的計畫摸不著頭腦。便說這個「甕聽」之人，也是此前燒死了意欲挖地道的敵軍，他們才知道自己的將軍安排了這號人物。

恐怕奸細也猜不到段胥要做什麼。

丹支本以為這小城這點兵力，要打敗踏白軍應當不費吹灰之力，如今到處碰壁一鼻子灰，便轉了態度前來勸降了。

段胥客客氣氣地招待了前來勸降的使者，使者乃是一位漢人，顯然如今在丹支當差當得十分愉快。他曉之以情動之以理，先大大地誇讚了段胥少年英才一番，再跟段胥仔仔細細地分析了敵我雙方的實力差距，言明歸降的種種好處。

最後丹支使者說道：「段將軍，朔州府城在丹支攻勢下已堅持一月有餘，您對大梁已經有交代了。再這麼下去，弓箭彈藥過些日子就會用光，而糧草不過再支撐一個月，這城早晚是要破的。您可知當年丹支滅大晟朝時，吳南將軍在雲州勉力抵抗三個月，糧草斷絕後煮皮甲而食，甚至食用城中之人，自老人、小孩、女人而始以至於所有人。城破時城中所餘不過幾百人，吳南將軍自盡而死，便是如此犧牲大晟朝不也滅亡了？有道是興亡皆有命數，將軍您不可做如此傻事啊。」

段胥笑意盈盈地看了那使者一會兒，直到把使者看得發毛，才開口說：「我倒是很好奇啊，你說城中都人吃人了，百姓為何不反不逃，還乖乖等著被吃？使者大人是否可以為在下解答？」

使者臉色不大好，段胥便徑直說下去：「因為胡契人凡遇抵抗必屠城，百姓知道城破必然身死，索性以命做城拒敵於外。你說吳南將軍做的是傻事，可是正是因為在雲州的阻擊，胡契人收斂了屠城惡習，數千萬漢人得以存活。」

「你為丹支效力多久，你真的瞭解胡契人嗎？使者大人，胡契人永遠不會看得起跪在他們面前的人，你要讓他們流汗、流血，你要咬下他們的血肉，要讓他們痛不欲生，你要站著才能活下去。你信不信我在此刻砍下你的頭顱，扔到城外丹支大營裡，他們只會覺得被拂了顏面而憤怒，沒有人會為你的死而惋惜。因為你不過是一條狗而已。而他們絕對不會放過我，因為我使計攻破朔州府城時褻瀆了他們的蒼神，他們絕對想要把我碎屍萬段。」

他站起身來，未受傷的右手撐在桌子上，靠近面色慘白的使者大人，笑得真誠。

「使者大人，我比你瞭解胡契人。可是你和阿沃爾齊都不瞭解我，只要我還活在這坐城裡，這裡的百姓就絕對不會相食而死，而你們也別想踏過這裡去往大梁。」

使者大人眼見談判破裂，擔心起自己的安危來，強自鎮定道：「既然如此，那在下告辭了。」

他剛走到門口就被孟晚攔住，孟晚以詢問的眼神望向段胥，使者大喊道：「兩國相戰不斬來使！你……你不能……」

「在你提吳南將軍之前我有這個打算，但是現在我想不斬來使是漢人的道理，入鄉隨俗，我該隨了胡契人的規矩才是。」段胥輕描淡寫地朝孟晚點點頭，道：「殺了從城牆上丟下去。」

孟晚抱劍道：「是。」

四五個士兵上來，由孟晚領著將那號叫的使者帶下去了。段胥搖搖頭，笑著問道：

「他不會變成惡鬼罷。」

他身邊慢慢顯現出一個紅衣的蒼白姑娘，那姑娘懶懶地說：「膽子這麼小的，肯定即刻投胎去了，做什麼惡鬼。」

頓了頓，賀思慕看向旁邊身穿銀色鎧甲的段胥，奇怪道：「你怎麼知道我在？」

「我不知道，隨口一問罷了，沒想到妳真在。」

賀思慕微微眯起眼睛，在她說話之前段胥立刻笑著拜道：「鬼王殿下，饒命饒命。」

他一雙圓潤的明亮的眼睛帶著笑意，哪裡還有半點剛剛威脅使者時的凶狠。

瞬息萬變，段舜息。

使者的屍體被丟到城外丹支大營後第二天，賀思慕正在慢條斯理地享用她味如嚼蠟的早餐，卻看見林鈞林老闆急匆匆地從大堂出來，髮冠都沒有整好就出門拍馬而去。她看著他遠去的背影，便問管家道：「林老闆這是怎麼了？」

她在林家借住這麼些日子，頭一次關心林鈞的事情。

管家面露憂色，回答道：「聽說……胡契人抓了大房的林老爺，押到城下來了。」

林家在朔州是大家族，林鈞是二房家的獨子，林家二老爺死後繼承家業在府城住下。而林家大房的林家人都在朔州北部的幾座城裡住著。

也就是說，他們生存在胡契人治下的區域中。

沉英拽著賀思慕的衣裙，擔憂道：「怎麼辦？林鈞哥哥會不會有什麼事？」

他近來真是很喜歡到處認哥哥。

賀思慕低頭看了沉英一眼，把他拉到偏僻的角落，問道：「你想去看看？」

沉英點點頭。

於是沒過多久，賀思慕和戴著帷帽的薛沉英站在朔州府城牆頭，在眾軍士之間堂而皇之地走到了垛口邊往外看。

城牆上其他人無法看見賀思慕和薛沉英，只見林鈞雙目發紅，一直想往垛口邊去卻被韓令秋拉住，韓令秋不住地勸道：「林老闆，危險！不要上前！」

城外丹支大營前站著一排人，以衣著來看是富貴人家，站在最前面的是一個鬚髮皆白，但是精神矍鑠的老者。他穿著一身黑色狐皮衣，雙手被反綁在身後，鎮定地抬頭看著城牆上站著的將軍和士兵們，還有他的姪兒。

他身後站著的有老有少，有男有女，還有人正在哭泣，他卻恍若未聞。胡契士兵踢了他的後腰一腳，道：「林老爺有話好好對城牆上的人說，你的妻兒老小還在你身後呢。」

老人被踹得一個踉蹌，卻並未下跪。

他沉默了一瞬，高聲喚道：「鈞兒。」

林鈞紅著眼睛，顫聲道：「大伯。」

第九章 林家

冬日的陽光燦爛，寒風凜冽地從遙遠的北方呼嘯而來，白色的細細密密的絲線布滿了天地之間。老人站在細密的白色絲線之間，亂髮被吹得紛飛，他銳利的目光彷彿割斷風的絲線，直直地射向朔州府城城頭。

賀思慕聽到身後孟晚與別人小聲交談，說是林家大伯——林懷德暗中給踏白軍提供了丹支運糧的時間，被出賣揭發給了丹支軍隊。

老人高聲說道：「鈞兒，糧草可到了？」

「到……到了……」

「是否還夠吃？」

林鈞紅著眼，抿了抿唇沒有回答。

多少算是夠？二十多天的食糧，換林懷德一家二十多口人的性命，算是夠還是不夠？

「還能撐得下去嗎？」林懷德的聲音不悲不喜，穿過凜冽寒風吹到城頭，讓人心生前途渺茫的無措之感。

站在林懷德身邊的丹支士兵笑了起來，彷彿在等著孤城內的大梁士兵動搖。

沒有得到回音，林懷德沉默了一下，慢慢地說：「鈞兒，你還記得你爺爺麼？你爺爺在世時，這些孫輩裡最喜歡的就是你。」

「你太爺爺是吳南將軍手下的兵，戰死在雲州沒有回來。那時你爺爺才剛剛出生，你太奶奶梗著脾氣不肯逃往關河以南，在朔州將你爺爺拉扯長大。你爺爺為林家掙下了這份基業，才有我、你父親家的今日，才有朔州林家。這些年裡我們為了生意為了林家，處處奉承討好胡契人，但是你要記得，我們的祖上是怎麼死的——他們是為了保護我們而死。你爺爺說過，若有一日大梁能踏過關河將胡契人趕出中原，林家雖一介商賈之家，必當傾力以助，萬死不辭。」

丹支士兵察覺到林懷德話鋒不對，扯著林懷德給他一巴掌，要他好好說話。林懷德卻冷冷地厲聲說道：「鈞兒你聽好！撐不下去了，也得繼續撐！」

「我今日來見你，便是要告訴你一聲，大伯去向你爺爺覆命，告訴他林家不負所托，鈞兒不負所托！」

「終有一日，江山將歸，盛世如初！」

林鈞怔怔地望著城下，他睜大了眼睛，眼眶紅到極致卻沒有流淚，激烈的情緒在他的眼裡劇烈動盪著，彷彿要將他的魂魄盪出體外。城下傳來淒厲的尖叫和哭號聲，林家的鮮血染紅了結霜的土地，林懷德睜著雙目倒在漸漸擴大的血泊裡，他的脖子被利刃割開，臉上卻帶著凝固的笑意。

渾濁蒼老的眼睛裡，好像自豪著什麼，又嘲笑著什麼。

林鈞止不住地顫抖起來，他不再往垛口邊衝，而是扶著牆緩緩彎下腰去，纖細的手指抖得如同蟬翼，慢慢擋在眼前。

他像蠶繭一般蜷縮起來，沒有發出一點聲音。

林懷德家二十三口，於朔州府城之下，盡數被屠。

沉英扒著垛口，呆呆地看著城牆之下單方面的屠戮。賀思慕伸出手遮住他的眼睛，將他從垛口處拉回來。

沉英沒有掙扎，只是小聲說：「我爹爹也是這樣被殺死的。」

手無寸鐵，如牲畜一般被殺死。

這一次很意外的，沉英沒有哭鼻子。

賀思慕看著從城下升起盞盞魂火明燈，在耀眼的陽光下沒入天際消失不見。她已見慣生死，知道此時說什麼都不合時宜，只能安撫地捏了捏沉英的肩膀。

人生短暫，不過須臾百年，生生死死糾纏執著，終是堪不破。

然而也不必勘破。

若人無所執，大約生無意趣。

林鈞回到林家之後，這一天沒再吃任何東西，他沉默地坐在庭院的亭子裡，從日上三竿坐到夕陽西下，坐到夜深人靜。

管家去勸了好幾次，林鈞都不肯動身。直到夜裡段胥造訪林府，一路走到林鈞面前，他才回過神，有些驚訝地站了起來。

段胥一身便服圓領袍，向林鈞行禮道：「林老闆，舜息愧對林家。」

林鈞立刻搖頭將段胥扶起來，說：「段將軍不必自責……人固有一死，我大伯他……」

他似乎有些說不下去，段胥嘆息一聲，接著道：「我聽說令尊去世得早，您大伯對您多有照拂，如父親一般。今日他在城下說的那些話是不想讓您難過，想來他是不忍見您這樣消沉的。」

林鈞比段胥年長，段胥便一直尊敬地稱您，林鈞推辭著說不必如此。

段胥卻說：「我知林家遭此大難，您心情沉痛，我眼下卻有一事要請您幫忙。茲事體大，望您答應。」

林鈞愣了愣，疑惑道：「何事？」

「軍中的奸細，我心中有一懷疑之人，請林老闆幫忙佐證。」

「何人？」

「韓令秋。」

林鈞驚訝地望著段胥，彷彿不能相信此事是韓令秋所為：「將軍有何依據？」

「賀姑娘遇襲、糧草被燒、劫糧被圍，出賣林家，每一件事情都與他有所關聯。劫糧被圍時胡契人下令不要傷韓令秋，韓令秋原本就是從丹支而來，他自稱失憶然而疑點重重。」

「失憶？」林鈞驚道。

「我覺得他有意隱瞞身手，所以舉辦了比武，想要試出他真正的實力。我聽說林老闆也是好武之人，家中有好幾位身手不凡的賓客，到時候可否請林老闆讓他們前來，與韓令秋一較高下。」

林鈞神色凝重地點點頭，向段胥行禮道：「此事包在林某身上，定不負將軍所托。」

段胥拍拍林鈞的肩膀，說：「林老闆不只是林家的驕傲，也是大梁的棟梁。」

從林家出來，段胥扭頭又去找了韓令秋。他把正在巡邏的韓令秋叫過來，對韓令秋說：「無論你對我有什麼猜忌，如今我是你的將軍，我的命令你總是要聽的。」

韓令秋低眸道：「是，將軍有何吩咐？」

「你隱藏了實力，並未完全展現自己的身手，對吧？」段胥開門見山道。

韓令秋十分驚訝，剛想說什麼卻被段胥擺手制止了，他徑直說道：「幾日後的比武，我要你必須贏得所有比試，但仍然隱藏實力，不到萬不得已不展露。」

這個奇怪的要求讓韓令秋愣在原地，他反應了一會兒才問道：「將軍是怎麼知道我……」

「這是我的命令，你只需要說是。」

韓令秋沉默了一瞬，低頭道：「是。」

段胥輕輕地笑了起來，他說道：「還有一件事我要交代給你，你記好。」

待月上中天，段胥終於從軍營裡出來，他照例提燈獨行，走在月光皎皎的清冷街道上。街兩邊已經掛上了紅燈籠與紅綢，門上的對聯也換了新的，一城的百姓開開心心地準備過年了。

他們還不知道城中的糧草只夠一個月，不知道城外看不見邊際的黑色營帳，不知道今日血灑城下的林家二十三口。這種平和幸福，讓人覺得驚奇又詭異。

而隱瞞者十分平靜，提著燈走在瀰漫著熱烈氣氛的大街上。

「妳在嗎？」他問道。

四下裡安靜了一會兒，一雙藕荷色的雲靴踏在他身邊的地面上，無聲無息。

賀思慕腰間的鬼王燈閃爍著時隱時現的藍光，她漫不經心地說：「都安排好了？」

「嗯。妳都知道了？」

「大體猜到了。」

「看看這一局終了，妳能猜到多少罷。」

賀思慕轉過頭來看著身邊的少年，他清澈眼睛裡有寒潭千尺，不見盡頭。一個一生不過百年，如今才活了不過二十年的人，居然有這樣一雙眼睛了。

她問道：「小將軍，你才多大，你不累嗎？」

段胥眸光閃了閃，他偏過頭來望向賀思慕，笑了笑沒有說話。

新春比武在除夕這天早上如期舉行，賀思慕作為踏白軍的風角占候被一併請到校場。坐在段胥身側的席位上，段胥也邀請了林鈞，林鈞坐在他的另一側。

段胥並不下場比武，並且也不許比武愛好者吳盛六下場。吳盛六為此又結結實實地生了氣，抱著胳膊冷著臉坐在席間，只是飲酒卻不說話。

前面幾輪抽籤比試下來，韓令秋不出意外的一路過關斬將來到了決賽，他之前在軍中比武的名聲也很響，只輸給過吳盛六。

同樣來到決賽的，是林鈞請來的江湖人士宋大俠。宋大俠和韓令秋身量相當，膀闊腰圓孔武有力，前面幾輪裡每次都輕鬆將對手打敗，可見身手不俗。

兩人在場中互拜，鼓聲一響便擺開架勢開始交手。段胥微微瞇起眼睛，林鈞也緊張地向前探出了身體，賀思慕一邊和沉英嗑瓜子，一邊有一搭沒一搭地往場中瞧。

兩人都是好身手，你來我往互不相讓，身影在校場中來回翻騰，塵土飛揚，幾個回合下來都是平手。

按段胥所說，若韓令秋曾經是天知曉的死士，他的實力應該在宋大俠之上。如今他恪守段胥的命令並沒有過多暴露，只是這種程度恐怕沒有辦法贏過宋大俠。

賀思慕嗑著瓜子，心道段胥可真是交給林、韓二人一個難題，一邊要試探，一邊要隱藏，兩邊還都要贏。

眼看形勢焦灼，好幾個回合之下韓令秋和宋大俠難分勝負。林鈞皺著眉看了許久，對段胥說道：「如此下去也看不出韓校尉的實力。我聽宋大俠說，江湖上有一種要蒙住眼睛的比武方式，最能試出對方的實力。」

段胥喝茶的手頓了頓，笑起來說道：「好啊，橫豎現在分不出勝負，就這麼比罷。」他喚來孟晚，宣布修改後的規則。

校場上的韓令秋明顯愣了愣，他抬起眼眸有些猶豫地望向段胥，段胥則淡淡地望向他。晴空裡那帶著懷疑和不安的眼神膠著片刻，韓令秋低下頭不知道在想什麼，似乎嘆息了一聲，拿過士兵遞上的黑布將將雙目遮住繫好。

這是大家從未見過的比試，校場周圍的人興致勃勃地看著場中眼上蒙著黑布的兩人。

韓令秋蒙住眼睛之後，他周遭的氣氛發生了微妙的變化。賀思慕看見他周圍的風和之前段胥與吳盛六比武那次一般，出現了細小的波動和扭曲。他飛奔而去和宋大俠交手時，速度竟然比剛剛還快了一倍有餘，而且精準度絲毫不差，彷彿長了第三隻眼睛一樣。

據說蒙眼比試是江湖規矩，宋大俠卻明顯沒有韓令秋適應這種比試，速度和準度比剛剛略有下降，且出手有了猶豫。只見塵土飛揚間，韓令秋與宋大俠虛晃幾招，然後準確一拳砸進他的胸口，在宋大俠連連後退時，幾步上前抓住他的手臂一個側身將他摔在地上，然後準確地掐住了宋大俠的脖子。

迅速，精準，沒有什麼花招，只有致命。

賀思慕放下手裡的瓜子，心想宋大俠的肋骨大概斷了好幾根，其中一根差一點就刺穿了他的心臟。

蒙上眼睛的韓令秋，下手近乎死手，比剛剛狠厲許多。

不經過極為殘酷的精心訓練，人不會有這樣敏銳的感知和強大的攻擊能力。

場上的鑼鼓聲響，士兵大喊道：「韓校尉勝。」

韓令秋默默地站起來，扯掉眼上的黑布，對宋大俠行禮道：「抱歉。」

座上眾人皆驚，第一個跳起來的居然是吳盛六，他睜圓了眼睛大聲道：「韓兄弟怎麼……他武功這麼厲害的麼？我怎麼從來不知道？這種好事情他瞞什麼瞞呀！」

在一片嘖嘖稱讚聲中，段胥放下手中的茶杯，氣定神閒地從座位上站起來。

他悠悠地走到校場邊朗聲道：「諸位，駐守朔州府城這些日子，先是接風角占侯的車架遇襲，後面糧草被燒、劫糧時糟丹支伏擊、林家長房遭出賣，這一樁樁一件件事情說明我們之中存在丹支的奸細。到了今日，我總算能夠確定這奸細乃是何人，想來這人確實與上面每一件事都有關聯。」

段胥的目光落在韓令秋身上，韓令秋沉默地望著他，握緊了手並不說話。

段胥卻悠然地笑笑，轉過身來看向身邊的林鈞。

「林老闆，你說呢？或者我要問問你，自我們入主府城以來，真正的林鈞被你藏到哪裡去了？」

所有人疑惑的目光聚集在林鈞身上，而林鈞則僵立當場，萬分不解道：「段將軍……你在說什麼？你難道懷疑我是奸細？」

段胥搖搖頭，好整以暇道：「不是懷疑，我是肯定。賀小小的馬車遇襲，隨車的是韓令秋，但馬車由你提供。糧倉的防衛、劫糧的時間、林家長房的通信這些你也一併知情。」

林鈞哂笑一聲：「那又怎樣？」

「非要我把話說死嗎？」段胥微微靠近林鈞，以只有他們兩個才能聽見的聲音說道：「我竟不知瞑試是江湖規矩，天知曉的十五先生。」

林鈞眼神一變，剛剛的迷茫憤怒瞬間褪得乾淨。他以迅雷不及掩耳之勢勾過段胥的脖子，段胥立刻旋身解脫，林鈞卻如有預判般鎖住段胥雙臂，袖刀出鞘抵在段胥的脖頸之上。

他的武功深不可測，段胥竟然無法反抗。

他冷著眼神，朗聲道：「都別動，敢動我就殺了他。」

周圍的士兵紛紛拔刀，卻礙於段胥不敢上前。吳盛六拿著他的大刀指著林鈞，氣得怒髮衝冠：「奶奶的，林老闆我還以為你是個真男人！之前林家老爺死在城下，老子還覺得對不起你林家，居然是你出賣自己大伯！」

賀思慕丟了瓜子殼，悠然地起身提醒道：「這個人不是真的林鈞，易容假扮的而已，他賣的不是他親大伯。」

「呸！老子管他親不親，這個狗娘養的把命留下！」吳盛六叫嚷著。

林鈞出奇冷靜，只是死死制住段胥，讓人毫不懷疑只要有異動，他手裡的刀子就會立刻割斷段胥的脖頸。

韓令秋在混亂中奔上了看臺，神情複雜地站在人群中面對著林鈞和段胥。林鈞的目光移向韓令秋，他平靜地問道：「你真的失憶了？」

韓令秋目光閃爍，並不答話，倒是吳盛六喊起來：「他失沒失憶關你屁事。」

「你若失憶，或許還情有可原。我不知你所經何事，但你應當是我十七師弟，同我回去見師父。」

林鈞的目光如冷鐵，和那個熱忱愛國的林老闆判若兩人。

韓令秋搖搖頭，他臉上刀疤可怖，神情卻堅決：「你休要胡言亂語，混淆視聽。我是韓令秋，是大梁踏白軍的校尉，除此之外什麼也不是。」

林鈞輕笑一聲：「你曾是師父最喜歡的弟子，如今倒是非不分了。」

他點了段胥的穴道，挾持著段胥一步一步從校場走出，叫人牽了馬來，然後勒令吳郎將他們放他出城。段胥秉持著一貫的打不過就不反抗的原則，叫吳郎將他們一律照辦了。只是林鈞並未說話算話，最後也沒有放過段胥，而是挾持著段胥一同出城，奔入丹支大軍營中。

吳盛六無可奈何地跳腳，放出了林鈞就立馬讓人關閉城門，一邊啐道：「大過年的，胡契人真不是個東西！待入夜咱去營裡把將軍給救出來！」

韓令秋和孟晚倒還冷靜，二人對視一眼，韓令秋上前道：「郎將，將軍此前曾有一事囑咐於我。」

一入敵營，林鈞與丹支士兵通了口號出示權杖，那些士兵立刻恭恭敬敬地把林鈞迎了進去。

段胥被帶進營中一間牢房，手銬腳鏈戴得結結實實還被捆在架子上，要是條件允許，他們恨不得拿一根鎖鏈把他的琵琶骨穿起來。他這犯人的地位很不一般，從他獨自享有一個牢房，看守只能站在營門口就能看出來。

「你這是故意的，還是賭輸了？」

伴隨著熟悉的女聲，一片繡紅色的裙邊出現在段胥眼底，他抬起頭看見那蒼白的美人鬼站在面前，轉著手裡的鬼王燈玉墜笑得意味深長。

段胥靠在架子上，只當那捆他的架子是個靠背，悠然道：「這局尚未結束，還不到見輸贏的時候。這奸細，殿下猜對了嗎？」

賀思慕點點頭，道：「林懷德死在城下那天，我猜到了。」

她聽聞林鈞與他大伯十分要好，將大伯當做父親尊敬。原本他在府城鼎力支持踏白軍就很可能會連累林懷德，他不僅不讓林懷德與他撇清關係，還在明知軍中有奸細的情況下請林懷德幫忙。這極可能會害了林家，他卻像渾然不覺，連猶豫都不曾有。

即便是最赤忱的忠烈之心，也應當有作為一個人最基本的畏懼、猶豫和權衡。

再者說以賀思慕這幾百年的經驗來看，林懷德死的那天，林鈞雖然看起來無比悲慟，但他的震驚實則是大於痛苦的，彷彿沒有料到林懷德會這般慷慨赴死。

他好像完全不瞭解他的大伯。

「你又是什麼時候開始懷疑他的？」賀思慕問道。

「從一開始。」段胥笑起來，說道：「我在他身上嗅到了同類的味道。」

「和你同類？那肯定不是什麼好人。」

「那是自然。」頓了頓，段胥十分知趣地不再兜圈子，解釋道：「我最初發覺林鈞在試探韓令秋。我對韓令秋好奇是因為懷疑他是天知曉的人，那麼林鈞對他好奇，又是為什麼呢？無論他和韓令秋有何種牽扯，這都十分奇怪。」

「不過韓令秋有沒有恢復記憶未可知，糧草被燒他們二人我都有懷疑。劫糧時便帶上了韓令秋，韓令秋的表現不像是奸細，丹支要活捉他或許是因為有人對他好奇，想把他捉回去盤問——和林鈞也對得上。」

「於是我向林鈞透露了韓令秋失憶的事情，他內心焦急，比武之時遲遲探不出韓令秋的虛實，果然拿出瞑試來驗證。知道瞑試的要麼是丹支王庭要麼是天知曉，他孤身潛入府城做奸細，不像是金貴的王庭貴族，應該是天知曉的人。」

賀思慕挑挑眉毛：「瞑試？」

段胥點點頭，道：「這是每一屆天知曉弟子出師時的考核，丹支王庭為觀眾，欣賞兩位弟子蒙眼決鬥，活下來的那一個正式出師，賜予天知曉的編號。十五便是這個假林鈞的編號。」

「既然都是天知曉的人，十五不是一開始就該認出韓令秋麼，何須試探？」

「天知曉內不同期的弟子平時並不見面，就算偶爾相遇也都是黑紗縛面只露雙目，韓令秋又破了相，十五怎麼可能認出來？」

賀思慕眼眸閃爍，望著眼前這個侃侃而談，身在敵營如在老家的傢伙。她悠悠將食指豎在唇前，笑道：「噓，有人來了。」

段胥和她同時轉過頭看去，便見一個高瘦的男子撩起營門簾。他有一副漢人面孔，頭髮依胡契人傳統編成細辮鑲著銀飾，有冰冷如寒夜的眼神，一雙細長的丹鳳眼。他看不見賀思慕，只淡漠地看著被捆在架子上的段胥。

段胥與他對視片刻，誠懇地笑道：「天知曉的十五先生，果然善於易容假扮，雖至親不可察覺。」

這就是假林鈞的真正面目。

男人走到段胥面前，上下打量他一會兒，冷冷道：「你究竟是什麼人？」

賀思慕想這可真是個熟悉的問題。從她到韓令秋到十五，彷彿每個人都想掐著他的脖子，讓他把自己的真實身分吐出來。

此前即便是被鬼王掐著脖子也不曾鬆口的段胥悠悠一笑，游刃有餘地打起了太極。

「我是什麼人？你覺得看過瞑試的該是什麼人？如今你挾持我還把我綁在這裡，等我回到王庭，你可有什麼好果子吃？」

「你來自王庭？我沒見過你。」

「丹支王庭加上元老院，上百個貴族子弟，你難道還能各個見過面？，」

十五對段胥的回答不置可否。頓了頓，他又問道：「你怎麼知道我是十五？」

「年齡對得上的只有十五、十六和十七。十六意外殘疾，十七失蹤多年，那你便是十五了。」

「你是故意被我擄回來的，你想做什麼？要回王庭麼？」

段胥靠在架子上，笑容燦爛道：「你猜呢？」

他仗著十五不能確定他的身分不敢隨便用刑，這太極打得越發囂張，甚至蹬鼻子上臉：「你猜不出我，那我便來猜猜你。天知曉很少攪合軍隊的事情，你潛入朔州府城多半是為了調查紅鳥降災之事罷，這種褻瀆《蒼言經》之事，大司祭最為敏感。你暫時查不出我的背景，又發現了韓令秋身世成謎，便留在府城裡順便幫阿沃爾齊報信。你說這事讓豐萊知道了，該對你們天知曉有意見了。」

十五的瞳孔微微緊縮，不過表情仍然平靜，他淡淡說道：「不必在我面前炫耀你對丹支有多瞭解，待你到了王庭一切自有分曉。」

他似乎放棄了和段胥周旋，轉身準備走出營門，段胥卻在他身後悠悠地說道：「作為林老闆而活，感覺如何？」

十五的步子停住了。

「你這輩子扮成形形色色各類人等，大約從沒活成這樣熱烈坦蕩的人罷。十五先生，你說著那些以身報國捨生取義的壯語，你看著林懷德在城下心甘情願地赴死之時，難道不曾有過一絲動搖麼？」

他騙過那麼多人，就沒有一刻連自己也騙過去麼？

空氣之中安靜片刻，陽光之下塵埃飛舞，而十五站在門簾的陰影處，攥著營門簾的手微微收緊。

他沉默了一會兒轉過頭，神色平靜地看著段胥，淡淡地堅定地說：「沒有。蒼神在上，天知曉為蒼神而生，永不背叛蒼神。」

彷彿他作為林鈞時，那城牆上的震驚和悲慟全是精心的演技。

說罷他撩起營簾走出了出去，黑色的身影消失在門簾之後，只聽見他在外面吩咐增加兵力將段胥看緊。

段胥嗤笑一聲，淡淡道：「活著連自己的名字都不能有，還管什麼神仙鬼怪。」

賀思慕嘖嘖感嘆了兩聲，她抱著胳膊走到段胥面前，紅色的裙裾恍若無物一般穿過地上的乾草。

她靠近段胥，伸出手撫過他的臉龐：「如今你身陷敵營，他們打算把你送回丹支上京，朔州府城風雨飄搖。小將軍，我的提議還在，你要不要向我許願？」

段胥眨眨眼睛，笑著前傾身體，在她耳邊輕聲說：「說好了要請殿下看戲，怎能委屈殿下親自上場呢？」

只聽輕微的唠噠聲，賀思慕抬眼看去，段胥不知何時已從手銬腳銬中解脫出來，他轉著被磨紅的手腕，輕鬆道：「不巧，我小時候學過縮骨。沒什麼鐐銬能銬住我。」

賀思慕瞇起眼睛，胡契人大約會很懊悔沒把他的琵琶骨給穿起來。

段胥這千層紙又破了一層，破掉的這一層明明白白寫著「縮骨功」這三個字。這種武功需要從小練起，日復一日將自己每一寸骨頭彎折到極限，乃是一種痛苦的武功。譬如剛剛的十五先生，他身高比林鈞要高一些卻能偽裝成林鈞，大約也是用了縮骨功。

段胥走到窗邊，挑開窗簾左右看了看，道：「破妄劍在那個人手上呢。」

他被捆起來的時候收繳了兵器，破妄劍在外面一個看守的人手上。段胥從髮冠中抽出一段軟鐵絲，在手心纏了兩道，轉眼對賀思慕笑道：「馬上入夜了，戲局該收尾了。」

這個人最擅長做出乎意料的事情，沒有一步是和常人相同的。按理說城府深沉的人該是一副四平八穩，不動聲色的樣子，段胥偏偏很會動聲色，卻還是城府深沉。

賀思慕瞧了段胥一會兒，悠然道：「那我這前排的看客，便拭目以待了。」

夕陽很快落下，夜色濃重。並不遙遠的朔州府城裡傳來鞭炮聲，喧鬧而熱烈的氣氛透過厚重的城牆，透過營門傳到營內。顯然朔州府城的百姓們並不知道，他們的將軍大人此刻正身陷敵營，身邊唯有一隻惡鬼作伴。他們一心迎接一個風調雨順，無病無災的新年。

胡契人並不慶賀新春，只見一個士兵撩起門簾走進來給段胥送飯，他和十五一樣編著胡契髮辮，看了被妥帖地綁好的段胥一眼，敷衍地把飯放在地上。

段胥笑起來，以胡契語說道：「兄弟，你放在這裡我怎麼吃啊。」

士兵顯然沒想到段胥會說胡契語，當他疑惑地抬起頭時，架子上已經沒了段胥的身影，一段軟鋼絲纏上他的脖子猝然收緊。他來不及發出一點聲音就倒了下去。

段胥站在他身後，手上的鋼絲毫無憐憫地收緊，直到手下之人窒息而死。

他托住那個人滑倒的身體，飛快地和胡契士兵換了外衣。段胥拆散自己束得整齊的頭髮，手指在髮間靈活地穿梭一番後，他也成了編髮的胡契人模樣。

這編髮的手藝，看來很熟練。

賀思慕抱著胳膊在旁邊看著。

段胥將這個人綁在架子上，還貼心地給他束了個髮戴好髮冠髮簪，麻利地收拾完之後拍拍他的肩膀，道：「對不住了。」

然後已經改頭換面，像個胡契人模樣的段胥戴好頭盔走出帳門，卻被門口兩個看守伸手攔住了。

夜色深沉，無星無月，火把的光芒無法照清人的臉。看守問道：「口令。」

看來他們還是有幾分上心的。

段胥輕嘆一聲，道：「可惜。」

話音響起的一瞬，他從那送飯士兵身上搜到的刀已經出鞘，他彷彿一陣迅疾的黑風，貼著這個營帳疾馳了一圈。人都來不及呼救，這一圈守營之人紛紛倒地血濺三尺，咽喉破開。

段胥悄無聲息地完成了這一切，然後從其中一個看守身上拿回他的破妄劍。他丟了手裡笨重的長刀，將破妄劍繫在腰間，以口型對賀思慕笑道：「一會兒就會被發現，走啦。」

他的表現彷彿是個新年裡不小心放鞭炮炸了雞籠的熊孩子，幹了壞事便撒丫子跑——

完全沒有在殺人的肅穆感。

賀思慕微微瞇起眼睛，坐在她的燈桿上飄在段胥旁邊。見他貓一樣無聲無息地在營帳間穿梭，所過之處無數人悄無聲息地倒在地上，他習慣一劍斃命並在人倒地之前扶一把，讓他們安靜地落地。非常嫺熟的暗殺手法，他做得乾淨俐落。

已經有人發現犯人逃脫並且到處殺人，喧鬧的聲音響了起來，士兵們喊著「人跑了！」「在哪裡？」「這邊……不，是那邊！」

段胥的行進路線十分奇怪，一會兒東一會兒西，來回折返，搞得胡契人暈頭轉向不知他殺到了何處，更不知到底有多少人在殺人，甚至有人高喊上百大梁人偷襲軍營了。偏偏段胥還不嫌亂，以胡契語驚慌大喊道「漢人扮做我們的樣子了！」這聲音一傳十十傳百，舉著刀拿著火的胡契人開始互相懷疑對方是不是奸細。

段胥就像一隻混入羊群的披著羊皮的狼，一會兒隨著他們呼喊，到了人少的地方又開始大開殺戒。他彎彎繞繞，硬生生憑一己之力攪亂了胡契軍營，趁著他們自亂陣腳之時摸到了武器庫。只見他一手拎一個桐油桶，澆在攻城的戰車上，然後在外面的混亂中制服了一匹亂竄的馬綁在戰車上。

段胥一把火點燃了戰車，戰馬感覺到燙意瘋狂地嘶鳴起來，奔出營帳橫衝直撞，到處點燃營帳。偏偏今夜罕見地颳起了東風，火趁著風勢迅速蔓延起來，原本混亂的丹支軍營越發混亂。

賀思慕看著這一幕，突然想起大概半月之前段胥問過她，什麼時候夜裡會颳東風。

到目前為止今天發生的一切，都是他早就謀劃好的。

段胥燒了武器庫便馬不停蹄地奔到旁邊的營帳往裡面闖，門口的守衛想攔他卻被他泥鰍似的滑過，他一掀門簾喊道：「稟告將軍，武器庫被燒了！漢人放火了！」

賀思慕看過去，營帳正中正慌忙穿鎧甲的可不就是那呼蘭軍的主帥阿沃爾齊，旁邊還有許多丹支衛兵軍官，滿營的黑辮子。或許是形勢過於混亂還有段胥的胡契語太過地道，他只是被訓斥了幾句，便看到阿沃爾齊抱著頭盔匆匆邁步走來，嘴裡罵著胡契語的粗話。

在他經過段胥身邊時，段胥微微一笑，寒光閃爍間破妄雙劍出鞘。阿沃爾齊身邊的護衛也不是等閒之輩，立刻暴起要將段胥撲倒，但是他們怎麼比得上段胥非人般的速度，段胥旋身躲避同時雙劍左右兩邊一齊砍去，動作快得只能看見影子，阿沃爾齊圓睜雙眼的腦袋就切豆腐似的落在了地上。

這是丹支有名的戰將，怎麼也不會料到自己陰溝裡翻了船，死在這麼個不到二十歲的小子手裡。

護衛的劍也砍傷了段胥的肩膀，連上上次的傷，他這一左一右也算傷得均勻。段胥右劍擋開那護衛，左劍挑起地上的人頭麻利地裹了繫在腰間。他這番大張旗鼓的刺殺一出，大批的丹支士兵已經湧來，將段胥團團圍住，被唬住一時沒人上前。

段胥雙手拿著劍，在手裡好整以暇地挽了劍花，淡淡一笑道：「哇，好多屍體啊。」這句話他是以漢語說的，大概這滿營的人，就賀思慕能聽懂。

段胥左腿微微後撤一步，然後飛快地衝進了士兵中間，他的裝扮太像胡契人以至於讓包圍他的士兵眼花，這還不夠，段胥一邊殺一邊挑燈，倏忽間便把帳裡的四盞燈都打滅了。整個營帳裡烏漆墨黑，只有此起彼伏的痛叫倒地聲，隨後趕來的弓箭兵傻眼不知道要射誰，趕緊叫人來舉火把，但是舉火把的也擠不進去，只能照見一片混亂的黑。

賀思慕在這一片混亂中，悠悠地在帥營裡走了一遍。丹支在城外立了許多營帳，每一頂都長得一模一樣，根本看不出哪個是帥營，段胥怎麼會知道阿沃爾齊住在這裡？

她走著走著，突然踢到一個盤子。她俯下身看去，發現這瓷盤子裡放著幾條紅尾魚，一條已經被吃了大半。賀思慕環顧四周在角落看見一隻瑟瑟發抖的藍眼白貓，這種貓金貴的很，是西域來的品種。只有阿沃爾齊這樣的地位養得起，而且能帶到前線來。

賀思慕想了想，心道原來是這樣。

段胥知道阿沃爾齊是個愛貓之人，上戰場也不忘帶自己的寵物，且只用小紅尾魚餵養。故而那日在城牆上，她對段胥說看見士兵拿著紅尾魚走進這個營帳，他便知道這是呼蘭軍的帥營，是阿沃爾齊所在。

賀思慕再抬頭看去，段胥已經不見蹤影，重新被火光照亮的帥營裡全是屍體，幾乎每一具都是被割喉而死，死得非常規整，血湧得到處都是。

剛剛段胥開殺之前，是不是說了句——好多屍體啊？

賀思慕輕輕一笑，喃喃道：「囂張的小子。」

她乘著鬼王燈從營帳飄了出去，沒多久就找到了頭骨最好看的小將軍。如今的呼蘭軍營亂做一團，士兵相疑對方是不是漢人扮的，武器庫被燒了，帶火的戰車到處亂竄燒成一片，主帥又身死——就跟灑了水的熱油鍋一樣，油點子到處亂濺。段胥以驚人的速度飛奔著，他奔到營帳邊緣的馬欄處搶了一匹戰馬，翻身上馬駕馬飛奔而去。

雖有人試圖去攔可也成不了氣候，被段胥不知從哪個倒楣蛋身上擄來的弓弩射死許多，眼看著他越跑越遠了。

——這大鬧了一場便拍拍屁股走人的傢伙。

這世上還活著的人裡，大約沒有比他身手更好的了。

賀思慕飄到他身邊，淡淡地問：「武器庫？」

「阿沃爾齊習慣把武器庫安置在他的帥營邊上。」段胥簡短地解釋道。

「你可真是天生的好筋骨。」

段胥笑出聲來，興致盎然地說：「上次這麼說的還是我師父，他一直覺得我腦子聰明根骨清奇，必成大器，所以對我挺好的。雖然他讓我從七歲開始殺人，十四歲時殺光了自己的同期。但我好歹騙過了他，借著他的偏愛活下來了。」

賀思慕怔了怔，目光微微沉下來。

火光的映襯之下，段胥身上多處受傷，英俊而輪廓分明的臉上沾了許多不知是他的還是別人的血，他那雙眼睛卻非常明亮，彷彿在談論什麼有趣的事情，歡快得過分了。

從前他雖然眼裡永遠含著笑意，看起來散漫不上心，但目光深處總是凝著一點鋒利的光。此刻，那道光卻有散開的趨勢。

他歡樂得不太正常。

「你怎麼了？你還清醒麼？」賀思慕冷冷地說。

換其他人，怎麼也不會問一個游刃有餘攪亂敵營刺殺主將的人——你還清醒麼？

段胥怔了怔。

突然之間兩支箭破空而來，段胥閃身避過了第一支，第二支卻射在了馬腿之上。馬嘶鳴一聲翻倒在地，段胥同時從牠身上跳下來，在地上翻了一圈站起，看著不遠處馬上拿著弓望著他的人。

丹支軍營來不及反應，但好歹有人追上了。

天知曉的十五。

十五緊緊抿著唇，一雙冷淡的眼睛裡蔓延起滔天怒火，他的弓弩對準了段胥，咬牙切齒地說道：「段胥！你究竟是什麼人？你都幹了什麼？」

段胥沉默了一瞬，突然樂不可支地笑起來，他撫著額頭眉眼彎彎，說道：「天知曉出來的人，以一敵百，於萬軍之中取上將首級，這不是很正常麼。十五師兄？」

慶賀新春的煙火從朔州府城中升起，在空中璀璨地綻開，五彩繽紛地照亮了漆黑的夜幕，照亮了十五臉上的震驚。

「師兄你找錯人了，韓令秋並非十七，他本來是要死的，因為他在瞑試裡輸給了我。」

段胥指向自己，悠然道：「我才是真正的十七。」

第十章 契約

對於「你究竟是誰」這個問題，被鬼王掐住脖子也死不改口的段胥，突如其來地說出了除了「段胥」之外的答案。

為什麼他的身手這麼厲害。

為什麼他對丹支和天知曉這麼瞭解。

為什麼韓令秋會對他感到熟悉。

天知曉，丹支王廷豢養的忠於王庭和蒼神，窮盡人之極限，世上最頂尖的死士。

不久之前還在說「天知曉為蒼神而生，永不背叛蒼神」的十五，面色蒼白地看著面前這個澈底背叛了蒼神的師弟，強自鎮定道：「不可能，你自恃瞭解天知曉，在這裡……」

「我十四歲出師時隨師父拜見各位師兄們，那時我才贏了暝試，渾身都是傷，向你行禮的時候沒站穩差點跌倒，你扶了我一把對我說『天知曉的人，怎麼這一點傷就站不穩了』。這是我們唯一一次照面，我說的沒錯吧，師兄？」段胥毫不留情地擊碎了十五負隅頑抗的不敢相信。

賀思慕看著段胥，一面是遠處丹支大營的灼灼火光，一面是朔州府城內升起的璀璨煙花，他在兩道截然不同的光芒之下，眼裡的笑意彷彿火焰。

他話音剛落便突然出手，趁著十五分心之時，袖中弩機射出一支小箭穿過了十五身下黑色戰馬的眼睛。

十五從馬上一躍而下，受傷的馬瘋了似地跳了幾步，便倒在地上。冬風凜冽，段胥和十五遙遙相對，隱隱約約有戰鼓聲傳來，朔州府城似乎有什麼異動，然而這兩人全然顧不上了。

煙花一簇簇在天空中綻開，爆裂的聲音此起彼伏響成一片，一幅絢爛的盛世光景。段胥在灼灼火光下雙手拔出破妄劍，輕鬆笑道：「我一直很想和師兄交手一次。」

十五目光猶如寒鋒利刃，他一按身側的胡刀，閃電似的出鞘和段胥短兵相接，力道之大火花迸濺。

「為什麼！師父他最喜歡的弟子就是你！你為何背叛師父，背叛蒼神！」

「別逗了師兄，師父他老人家除了蒼神和他自己誰也不喜歡。我就猜他那個剛愎自用的脾氣，肯定不會向你們承認他被我刺瞎了眼睛還讓我逃脫了。這些年來為了維護自己的顏面，只說我是失蹤，是不是很可笑？」

終日打雁，叫雁啄了眼，原來段胥的倒楣師父是被他弄瞎的。

段胥一段話之間已經和十五交手十餘次，他們倆的速度和感知都是人群中一等一的，拚起命來簡直是眼花繚亂，彷彿都長了三隻眼一樣將對方的動作預判得準準的，十幾個回合裡招招見血，在荒野裡殺成不分你我的兩團黑影。

十五瞳孔驟然緊縮，他眼裡的恨意彷彿一支直奔段胥的毒箭。段胥卻像個棉花包，躲也不躲反而笑起來：「十五師兄，我倒想問問你為什麼相信師父，相信蒼神？你這麼會騙人，就不怕你也是被騙了？如果蒼神真如《蒼言經》所說那樣是創世之神，無所不知無所不曉，胡契人是蒼神高貴的子民。那你說他為什麼要造出一個反叛的我呢？」

「你背叛蒼神，必得重罰，下入地獄！」

「既然世界都是蒼神造的，那有信他的、不信他的、討厭他的人存在，不都是他早安排好的？為何他還要討伐不信他的人，他為什麼需要我們信仰他？為什麼我們不可以信仰別的？如果神真的這麼迫切地，威逼利誘地要從我們身上獲得力量，那神又算什麼神？自幼以來，我們日復一日濫殺無辜，身上背負著無數血債，為什麼不得懲罰反而能擺脫『低賤』的漢人身分，獲得信仰蒼神的資格？」

十五的目光閃爍著，他咬牙道：「那算什麼？為蒼神而死是他們的榮幸，也是我們的榮光！天道蒼蒼，休要謬言！」

「哈哈哈哈哈，神無所不能，居然需要我們這樣的螻蟻為他而死嗎？難不成你會需要螞蟻為你去死？天道自然蒼蒼，即便這世上真的有蒼神，也肯定不是師父口中的蒼神，也不會是什麼狗屁《蒼言經》中的蒼神！十五師兄，你好好地想想，用你假扮過無數人的腦子想想！師父他教給我們這些，究竟是想要賜予我們天堂，還是為了利用和掌控我們？」

「十五師兄，我從未背叛過任何人，因為我從來沒有相信過他們，哪怕一刻也沒有。」

段胥之前就受了傷，十五的武功顯然不是那些士兵可以比的，他傷上加傷，黑色衣服已經被血浸透了，滴滴答答地落在草地裡。但他彷彿渾然不覺，動作不僅不停聲音也越來越高，空闊的原野上迴盪著他的嘲笑之聲，一重一重地透過十五的耳朵穿進他的心裡。

十五知道段胥在激怒他，可是他還是被段胥狂風暴雨似的逼問擊中。

他驀然想起在「十七」尚未舉辦暝試的時候，他就聽說十七期裡有一個師父特別中意的孩子，那孩子有極好的武學天賦，受傷時師父甚至寬宥他休息了幾日，偶爾還會去指點那孩子兵法。

師父原本是丹支有名的戰神，後來受了傷才退居幕後創辦天知曉，對於師父在戰場上的事蹟他偶有耳聞卻不曾受教。他本是有些嫉妒這個孩子的。

這個孩子果然通過暝試正式成為了他的十七師弟，奉茶時搖搖晃晃沒站穩，他有些嫌棄地想就是這種孩子得了師父偏愛？到底還是伸手扶了他一把。

那孩子卻抬頭看向他，然後眉眼彎彎地笑起來。多年以後他已經不記得那黑紗縛面的孩子的模樣，只記得那是個明亮澄澈的笑容，盛滿了真心實意的快樂，彷彿長夏的日光熱烈得勢不可擋。他怔忡半晌，只覺得自己從來沒有見過有人這樣笑。

天知曉的人，向來是很少笑的。

但是十七不一樣，他非常愛笑，被師父誇也笑，被師父罵也笑，便是受罰被打得皮開肉綻時也沒一點愁苦。彷彿一丁點大的事情都可以讓他快樂。

他擁有一雙很明亮，很幸福的眼睛。

十五那時突然理解了師父對十七的偏愛，他不可抑制地羨慕和嚮往這個孩子身上的某些東西。他曾經私下問過師父，為什麼十七看起來這麼快樂，他為什麼可以有這樣一雙幸福明亮的眼睛。

師父只是淡淡地說，因為十七對蒼神的信仰最為虔誠，蒼神庇佑他便賜予他這樣的性情。

因為十七對蒼神的信仰最為虔誠。

這簡直是個笑話。

天知曉活得最幸福的人，是一個從來沒有相信過蒼神的人。

十五恍惚間看著段胥在火光中明亮的眼睛，那眼睛和他記憶中的重合在一起，這麼多年過去了竟然沒有任何變化。十七已經變成叛徒了，身上居然還有讓他心生嚮往的東西。

他嚮往的究竟是什麼？

他假扮過那麼多人，那些曾在他心中滾動過的熱血和痛苦，究竟是別人的還是他自己的？

十五心裡突然生出無限的憤恨，為什麼明明背叛的是十七，十七卻這麼理直氣壯而他兀自痛苦？最好十七在這個世界上消失，再也不要有這樣一雙快活明亮的眼睛，再也不要有這樣質疑一切的聲音。最好大家都一樣痛苦，一樣沉默，一樣什麼都不要想明白。

這樣想著，他的胡刀穿過了段胥的肋下。段胥在離他很近的距離裡一口鮮血噴在他的面上，十五憤怒地看著面前英俊的沾滿鮮血的臉龐，段胥的臉也被他傷了，鮮血浸沒了眼睛，一雙眼睛血紅如修羅。

段胥伸出手握住自己肋下的刀，慢慢地笑起來，他低低地喚道：「師兄啊……你到底還是動搖了……」

「閉嘴！我……」十五的話卡在一半，他睜圓了眼睛，看著面前寒光閃爍的劍。他的咽喉破開，鮮血濺了段胥一臉，段胥放下手中的破妄劍，緩緩地說：「急躁而不識陷阱，誤以為得手而放鬆警惕，若是你沒有動搖怎麼會犯這種低級錯誤呢，師兄？」

十五捂著自己的咽喉，脫力地倒在地上，他發不出聲音只能死死地望著段胥，彷彿想從他身上看到一個答案。

一個連他自己都不知道問題為何，卻尋了一生的答案。

段胥將胡刀從身體裡拔出來，伸手點穴給自己止血。他的身後是爛漫成一片的煙花海，他搖搖晃晃地踉蹌幾步，就像是當年給十五奉茶一樣，然後他笑出聲來，慢慢地說：「師兄，你是不是以為篤信蒼神，就能擺脫你的漢人血統，從此和死在你手中的那些人分道揚鑣？」

他給了他答案。

十五的眸光顫了顫，他驀然想起他六歲時那些被綁到他面前，任他一排一排殺死的「四等民」，那些面孔和他相似的驚恐的人。師父告訴他，他和那些人是不一樣的，他被蒼神選中，只要在天知曉出師便是蒼神的子民。

他不是那些只能引頸受戮的傢伙。

他將洗刷他的血統，他比那些低賤的人要高貴。

他不是在濫殺，這只是為了蒼神，天經地義的犧牲。

如果不這麼想，如果不這樣篤信，他要怎麼活下去？他為了什麼而活下去！

他沒有父母，沒有親人，甚至沒有自己的名字，只有一身低賤的血統，這世上除了蒼神之外沒有人需要他。如果不為蒼神而活，那他在這個世上活著的意義是什麼？

如果蒼神是假的，那麼他又算什麼？

十五緩緩地開合嘴唇，以唇語對段胥說著什麼，然後慢慢合上了眼睛。

段胥沉默地看著十五，片刻之後突然笑了起來。他明明已經傷重至步履踉蹌，卻依然筆直地挺立著。那笑聲彷彿從他的胸腔而出，帶著濃烈的血氣在荒原上詭異地迴盪。

他笑著笑著就咳嗽起來，咳嗽著卻還要笑，彷彿要這樣瘋狂地笑到死。

突然一雙冰冷的手撫上了他的臉，他在瘋狂的混亂中抬起頭來，眼裡的光芒全都散了。那雙手不輕不重地拍了拍他的臉，他聽見某個非常冷靜而清晰的聲音在耳邊響起。

「醒醒，你太興奮了。」

醒醒。

段胥顫了顫，他眼裡的光一點點聚回去，在漫天的煙火中終於看清了面前這個惡鬼，她美麗的鳳目眼邊的小痣，微微皺起的眉頭——這個面色蒼白神情淡然，認真地看著他的鬼。

他緩慢地眨了眨眼睛，被血染紅的眼睛突然多了另一種濕意，混著血的淚水順著他的臉頰落在她的手指上，一路向下隱沒於黑暗中。

段胥哭了。

賀思慕想，她還是第一次看這個小狐狸哭。

她幫他把眼淚擦掉，說道：「你也算是為你師兄，勠面送葬了。」

其實賀思慕只是試著喊段胥一聲，但他真的被她喚醒了，僵立的身子如急速融化的冰川般垮下去。他彷彿終於意識到疼一樣，脫力地坐倒在地上，急速地喘息著。

火光時明時暗的映襯之下，這片荒原彷彿傳說中的地獄。段胥低著頭讓人看不清他的表情，只能聽見他四平八穩而倦怠的聲音：「還有好長的路要走啊，可是我已經……很累了。」

他終於說他累了。

賀思慕想，她還以為他是一個熱衷於把自己折騰得死去活來的傢伙呢。原來他也是會累的。

在這番彷彿心灰意冷的發言之後，段胥突然抬起眼睛，被血染透的眼睛凝聚著一絲疲憊的光芒，竟然還是亮的。

他突然說道：「妳想和我做交易，想要我的五感，又說會按時還給我。可那是因為妳沒有體會過有五感的感受，待妳知道五色、五味、六調、冷暖之後，妳還能忍受得而復失嗎？會不會終有一日，妳拿走我所有感官，只最低限度地維持我的性命，讓我變成個活死人？」

難為他在此刻還能想起這個交易。

賀思慕沉默片刻，淡淡道：「或許罷，算了，這交易不做也罷。我看你再不趕回府城找大夫，就要死在這裡了。」

段胥和她對視片刻，突然淺淺地笑了一下，那笑容安靜得沒有一點瘋狂的影子。他向賀思慕伸出手，以一種玩笑的語氣說道：「妳拉我一把罷，妳拉我起來，我就答應妳。」

賀思慕挑挑眉毛，心想這小將軍又在發什麼瘋，她說：「十七……」

「叫我段胥。」

她不明白他執著於這個假名字的意義何在，只道：「段胥，你還清醒嗎？」

「清醒得很，這多有趣啊。」

段胥的手懸在半空，笑著緩慢道：「我賭那個『終有一日』到來之際，妳會捨不得。」

一朵煙花在兩人之間的夜空中綻放，轟然作響。段胥沾滿血的手被照亮，鮮紅熾烈的如同燃灼的火焰，指尖有一絲不易察覺的顫抖。

不知是興奮，還是恐懼。

賀思慕看了他半晌，看著這個凡人那雙向來清澈卻不見底的眼睛。

這個從來不計後果的，膽大包天的賭徒。

她淡淡笑起來：「好。」

她伸出手，她的手蒼白，深紫色的筋絡細細地在灰白的皮膚下蜿蜒著。這樣一雙冰冷而死寂的手握上段胥溫熱的帶血的手，沾了他的血，將他的手寸寸握緊。

結咒明珠飛出來，懸在兩人交握的手上方，從兩人身上各吸取了一滴血融在一處，匯進符咒紋路的凹槽裡，即刻生效。

從此之後，這便是和她命理相連之人。

賀思慕抬起手將段胥從地上拉起來，他還真的一點力氣也不使，懶懶地任由她拽風箏似的拽著他，然後借著前衝的力量踉蹌地倚在她身上。

他的個子比她高，卻彎著腰把頭埋在她的頸窩裡，黏稠的鮮血沾滿了她的衣襟，額頭貼著她脖子上冰冷的皮膚。

他把全身的力量放在她身上，像是把自己的命繫在她的身上。

「你這是做什麼？」賀思慕也不推開他，只是淡淡地問道。

「我是不是不正常。」段胥低聲說道。

賀思慕知道他在說什麼，便道：「殺紅了眼，也能算是不正常？」

殺人會讓段胥興奮。

直到剛剛賀思慕才意識到，她曾在戰場中看過段胥壓抑著什麼的眼神，他壓抑的正是這種興奮。

他似乎有過長年累月大量殺人的經歷，以至於殺人變成了興奮的誘因，誘使他陷入從身體到精神的亢奮狀態，難以自持。

或許他心底裡是渴望殺戮的。

這種殺戮曾經取悅過他。

他在天知曉的漫長時間，經歷的一切已經融入他骨血之中。

段胥沉默了一會兒，對她說道：「剛剛十五師兄臨死前，對我說……你也是怪物，你逃不掉。」

賀思慕沒有回答，寒風凜冽裡，段胥的身體微微顫抖著，他慢慢說道：「有時候我不知道，我是偽裝成瘋子的常人，還是偽裝成常人的瘋子。」

賀思慕輕輕笑了一聲，有些不屑的意味。她終於伸出手放在他的後背上，不輕不重地拍了拍。

「你倚著全天下最不正常的傢伙，說的是什麼鬼話呢？」

段胥安靜片刻，突然輕輕地笑出聲來，他不知死活地伸出手摟住賀思慕的後背，爽朗而安然地說：「說得是啊。」

賀思慕拍拍他的後背，好整以暇：「少蹬鼻子上臉，放開我。」

「妳不是想知道，我是誰麼？」

段胥並沒有聽話地放開她，他整個人鬆弛下來，彷彿打開了塵封的門扉一樣，他在她的耳邊平靜地說道：「我叫做段胥，外祖父是有名的文豪，出生時他正在看春生班的戲，便就著戲文裡的封狼居胥給我起了名。我的外祖母是前朝長公主，我家是三代翰林，南都段氏，我在南都長到七歲。」

又來了。

賀思慕皺著眉頭，正想打斷他的胡言，卻聽段胥笑著說道：「然後在我七歲這年，我被綁架了。」

賀思慕拍他後背動作便停住了。

段胥繼續道：「胡契人綁架我，以此威脅我父親與他們交易情報。當時黨爭正是最你死我活的時候，父親不僅沒有答應胡契人，甚至不能讓別人知道他有這樣一個把柄落在丹支手裡。所以他對胡契人說，他們綁錯人了，他們綁走的根本不是段家三公子段胥。段家三公子被送回了岱州老家陪伴祖母。」

「那個被送回岱州的三公子，才是假的段胥。」

「胡契人被騙了過去，他們以為綁錯了人。我趁機逃走，在丹支流落街頭……然後被外出挑選弟子的天知曉首領——我的師父挑中，進了天知曉。他們並不知道我的來歷，十四歲出師之後，我刺瞎我的師父逃回了大梁，認祖歸宗，得字舜息。父親安排了一場從岱州回南都途中的『被劫』，好讓假段胥消失，讓我回來。」

「這才是我，我就是段胥段舜息，我從來沒有騙過妳。妳看這一次我又……逢凶化吉了。」

段胥說得很平靜，說到這裡甚至俏皮地笑起來，像個得意的孩子。

賀思慕沉默著，無數魂燈從丹支的營帳中升起，如流星逆行般匯入天際，朔州府城上空的煙火此起彼伏絢麗著。一邊喜一邊悲，好一個荒唐又盛大的人間場景。

血順著段胥的指尖滴落，他終於鬆開了抱著賀思慕後背的手，但這次賀思慕卻抱住了他。

——他正在往地上滑落，不抱住便要倒在地上了。

剛剛抱住賀思慕，已經用盡了段胥最後一點力氣。

賀思慕抱著這個全身無力倒在她身上的傢伙，長嘆一聲，說道：「不僅是小狐狸，還是個小祖宗。」

最後賀思慕坐在她的鬼王燈桿上，段胥坐在她身側靠著她的肩膀，由鬼王燈載著往朔州府城而去。段胥閉著眼睛，似乎睡著了又似乎還有一點神志，他含糊地問道：「鬼王殿下……妳又叫什麼名字呢？」

賀思慕嘖嘖兩聲，有一下沒一下地撫摸著燈桿下的鬼王燈。

通常她不會告訴凡人她的名字，惡鬼裡，也只有左右丞敢叫她的名字。

不過這個畢竟是要給她五感的結咒人。

「賀思慕，賀思慕的賀，思慕的思慕。」

她這一番解讀讓段胥低低地笑了起來。

長夜將盡，天光破曉，溫和如霧靄的晨光融化了無邊無際的黑夜。

在金色的陽光中，段胥微啟乾渴開裂的唇，慢慢地說道：「賀思慕，新年快樂，歲歲平安。」

賀思慕怔了怔，然後淡笑著回應道：「段胥，段小狐狸，望你逢凶化吉，長命百歲。」

她的目光落在段胥腰間的破妄劍上，那劍鞘染了血，也不知是十五的還是段胥的。

十五是被破妄劍所殺，總歸能有個無怨氣的來生。

她此前一直在想，破妄劍究竟為何會認段胥做主人，在這一刻她終於想到了答案。段胥既非修士亦無靈力，縱然他命格強悍，天縱奇才，有常人難以企及的心性，卻並非破妄劍選他的原因。

破妄劍選擇他，是因為想要救他。

這柄主仁慈的劍，殺人也渡人，它從柏清手上來到這個少年手中，因為想要渡他所以認他為主。

渡他滿手鮮血，滿身風霜。

韓令秋和孟晚將段胥的計策告訴吳盛六，這一年的除夕夜裡，在丹支軍營大火燒起來之時出兵攻擊。丹支軍隊群龍無首一片混亂，節節敗退，被踏白軍趕出百里之外，潰敗撤出朔州。

踏白府城之圍由此而解。

戰鬥一直持續到早上，當吳盛六一行人率軍歸來時，看見城牆上站著一個人。

那個少年做胡契人打扮，渾身是傷被血浸透，他在晨光下朝他們笑著招招手，然後從腰間的布袋子拿出一顆頭顱，掛在城門之上。

那是阿沃爾齊的頭顱。

他們的主將，深入軍營放火燒營，刺殺主帥，讓他的士兵不至於和敵人戰到魚死網破，讓他的士兵大勝而歸，讓他身後滿城的百姓渾然不覺地度過了熱鬧的春節。

吳盛六突然從馬上跳了下來，跪在地上。

他並沒有下達命令，但是隨著他的動作所有的校尉、千戶、百戶、士兵都下馬，次第單膝跪地，在晨光中無數鐵甲泛著冷冽的銀光，如同波濤湧過的海面。

段胥的眸光閃了閃。

「踏白軍，恭迎主將。」吳盛六高聲喊道。

身後那些士兵隨著他齊聲喊起來，聲音排山倒海而來，湧向城頭的段胥。段胥扶住城牆，勉強保持著自己能直挺挺地站著，他想剛剛再多吃點止痛的藥便好了。

然後他輕輕地笑起來。

賀思慕問過他為何要隻身犯險，他說因為這支踏白軍還不是他的踏白。

到了這一刻，踏白軍，終於是他的踏白了。

阿沃爾齊一死，戰局風雲突變。他攪和進了丹支的繼承者之爭裡，得他鼎力支持的十三皇子驟然失去了靠山，一時間鋌而走險，居然逼宮。

丹支王庭亂了套，六皇子急招自己的擁躉豐萊回丹支，名為救駕實則是搶奪繼承權。豐萊在宇州戰場正是焦頭爛額毫無進展，物資和增援又被段胥切斷，便立刻集中兵力在涼州打開了一個口子，渡河撤兵回去了。

大梁增援的部隊雖然已經在涼州駐紮，但無論是領著餘下三萬踏白軍的夏慶生還是後來的軍隊，都沒有死守不放。有道是圍兵必缺，好歹別逼得人家走投無路同歸於盡。

不過一路上的騷擾還是免不了的，胡契人撤軍渡河時，夏慶生一場伏擊讓無數敵軍葬身於洶湧關河。待敵人到了朔州，又再次被段胥的駐軍截擊一波，損失不小但是無暇他顧，把整個朔州都讓了出來。

這下子增援部隊倒是來得及時，秦帥一聲令下，肅英等三軍渡河開進朔州，把整個朔州吃了下來。

所謂牽一髮而動全身，段胥在天元十年除夕夜所做之事，成了扭轉戰局的關鍵。本是最大功臣的段胥這段時間卻過著十分寧靜的日子，再不復此前天天千手觀音打地鼠的情況，因為——他傷情嚴重，再忙命就沒了。

養傷的段胥把朔州府城的防務交給了吳盛六，平日裡就四面八方地寫信，一會兒交代涼州的夏慶生水戰注意事項，一會兒寫戰報給秦帥，一會兒寫奏摺給朝廷，一會兒寫家書，搖身一變從武將變回了文臣。賀思慕得以見識了段胥的春秋筆法錦繡文章，愣是把自己身上那些嫌疑點摘得乾乾淨淨，冷不丁還來幾句比興，不動聲色地秀一把文采。

在鬼界，要是有鬼把這種摺子遞到賀思慕面前，怕是要被打回去要他捋直舌頭好好說話——少來那些虛頭巴腦的東西。

同樣養傷的還有真正的林老闆——十五為了學習他的言行舉止並未殺死他，而是把他囚禁了起來，段胥命吳盛六搜遍了全城才找到林鈞。他就剩一口氣吊著了，救了半天好歹是生命無憂，醒過來一開口賀思慕就一哆嗦——簡直和之前十五假扮的林鈞一模一樣，完全是個熱血愛國嫉惡如仇的年輕人，十五未免裝得太像了些。

這段休養的時間，作為賀思慕一直以來幫他占風的回報，段胥痛快地收下了沉英做乾弟弟，承諾之後將帶沉英回段府撫養照顧。沉英為此依依不捨了好久，賀思慕委婉地表示她還沒打算走呢，這段時間沉英還是能經常見著她的，他這依依不捨未免早了點。

這次段胥身上全是傷，怎麼樣都沒法自己換藥包紮，原本這個活兒要麼落在軍醫手上，要麼落在孟晚手上，現在卻落在了賀思慕手上——段胥昏過去之前攥著「賀小小」的衣角給她遞了眼色。她想起來段胥那滿身的舊傷還有腰上的傷疤，心說這小將軍麻煩得很。但她還是適時地悲慟大哭表明心跡，配合段胥演戲把這包紮的活兒接下來了。

賀思慕想怎麼著這也是她的結咒人了，而且她念在他沒了半條命的慘狀，暫時沒有從他身上拿走感官。

得讓他快點康復履約。

「嘶……」段胥發出輕微的吃痛聲，他皺眉看向賀思慕，只一刻又忍不住笑起來：

「妳手真重，果然是沒有觸覺。」

賀思慕挑挑眉毛看著這個越痛越笑的傢伙，鬆了手裡的紗布道：「要不我讓孟校尉進來替我，你來跟她好好解釋下你這些舊傷是怎麼回事？」

「殿下給我包紮傷口，是我的榮幸。」

段胥的回答非常迅速流暢，笑意盈盈。

清晨模糊的晨光下，他上半身赤裸，露出白皙的皮膚和縱橫交錯的傷口，所幸除了肋下十五給他的那一刀，其他傷都不算太深。他便任賀思慕扯著紗布在他的胳膊腰背之間包紮。

賀思慕給她的傑作打了個結，拍拍段胥的肩膀，說道：「脫褲子。」

「……」段胥轉過頭來看她，難得露出驚詫的表情，像是不確定自己聽到了什麼。

她十分自然地說道：「我記得你大腿根也有一道傷。」

段胥按住賀思慕放在他腰間衣物上的手，認真道：「傷口不深，我看這個就不必了罷。」

「為何不必？」賀思慕挑挑眉毛，說道：「我自小跟著父親和傅大夫解剖屍體，什麼樣的裸體沒見過。橫豎我是鬼，也不是沒有附身在男人身上過，你害羞什麼？」

段胥笑著婉拒道：「這不合適，我畢竟還是要點清白的。」

賀思慕微微瞇眼，段胥的雙手霎時被看不見的東西束縛在身後，仰面直挺挺地倒在床上砸出一聲悶響。段胥眨眨眼睛道：「疼啊殿下，我還是個傷患。」

賀思慕彎下腰撫摸著他的臉頰，因為以「賀小小」的身分出現，她現在的手指是溫暖的，從他臉上那道傷上撫過時稍微收了點力氣：「要我來給你包紮，又挑挑揀揀的，小將軍以為我是你能呼來喝去的麼？」

段胥笑起來，眼睛裡含著光，從容道：「我哪裡是在挑挑揀揀，我是在求妳。殿下給我兩分面子罷，妳可不能這麼對我。」

在賀思慕危險地笑起來時，門突然被推開了，一個熟悉的男聲響起。

「將軍大人，秦帥……」韓令秋看著倒在床上頭髮散了一枕的段胥，和趴在他身上摸著他臉的賀小小，一時間忘記了接下來要說什麼，只覺得自己是不是應該當做什麼都沒有看到一樣，掉頭就走再把門關上。

他還沒有付諸實現，便見段胥雙眼發亮如獲大赦，從床上起身道：「韓校尉快講。」

賀小小從容地從段胥身上讓開，翹著腿坐在床頭，拿起一邊的茶喝起來。

韓令秋硬著頭皮說了下去：「將軍，剛來的消息，秦帥兩日後便會到府城。」

段胥輕輕一笑，悠然道：「秦帥親臨……看來一個朔州是不夠了，這仗還有的打。我身體抱恙，你讓吳郎將好生招待秦帥——禮數這邊還是問問孟晚。」

韓令秋應下便要走，卻被段胥叫住，段胥因為受傷失血而面色蒼白，眼神卻很專注：「韓校尉，就沒什麼想問我的嗎？」

韓令秋沉默了一會兒，抱拳行禮道：「現在沒有了。」

在段胥交待他除夕比武之事的那個夜晚，段胥說知道他對他有諸多疑問，待朔州解圍便會給他提問的機會。

他承諾對於韓令秋提出的問題，他必定知無不言。

韓令秋早就準備好了問題，可那日在比武臺上，假林鈞拋出那一句「你是我十七師弟」，讓韓令秋隱約摸到了往事的輪廓，他突然感到畏懼，那些往事很可能顛覆他現在的生活。

他原本對於往事並不執著，是段胥的出現讓他開始好奇，那好奇與其說是對於自己過往的，不如說是對於段胥這個人的。

但大年初一那天，城牆之下韓令秋仰頭看著渾身是傷，搖搖欲墜卻還笑得開心的段胥，突然覺得段胥是誰似乎沒有這麼重要。

段胥身上固然有種種疑團，但能夠確認的是，他是大梁的好將領，這便已足夠了。

而他韓令秋是大梁踏白軍的校尉，他能明確這一點，也足夠了。

看著韓令秋走出門還貼心地把門關好，賀思慕輕輕笑了起來，她的目光悠然轉向段胥。

還不等她發問，段胥便心神領會地回答道：「韓令秋，他曾經是我的同期。」

他滿身的傷哪裡都不能靠，只能用手撐著床面，微微後仰做出一個舒服的講述姿勢。

「天知曉弟子每期一百人，考核便是廝殺，七年死九九而剩一人，賜編號出師。」

——他讓我從七歲就開始殺人，十四歲時殺光了自己的同期。

賀思慕想起段胥在丹支大營亂殺時跟她說過的話，那時他眼中燃著興奮又痛苦的火焰，帶著瘋狂的勁頭。而此刻的段胥眼裡的瘋狂紛紛落幕，冷靜得彷彿在討論一段平常的回憶，他沉默了一會兒便笑起來。

「韓令秋那時候沉默寡言，其實我們那裡大多都是他這種性子，就我是個異類。我沒跟他說過幾句話，接觸最多就是在暝試上你死我活的那場對決。想來他應該很絕望，死了九十八個就剩我們倆，可師父偏愛我而我又很強，他最後還是要死在我手裡，和那其餘九十八個不過早晚的差別罷了。」

段胥點點自己的額頭，說道：「他臉上那條長疤是我劃的。」

「在殺他的時候？」賀思慕問道。

「不，是在救他的時候。」

這個回答有些出人意料。

段胥笑起來，偏過頭道：「暝試裡我本該殺了他，我使了點手段，讓他看起來像是死了但一息尚存。然後給他灌了消除記憶的湯藥，劃破了他的臉，將他和一具臉上有同樣傷口的屍體調換運了出去。」

賀思慕輕輕一笑：「你不是和他不熟麼，能有這麼好心？」

「我怎麼就不能有這麼好心，鬼王殿下，妳瞭解我嗎？」

段胥如平時一般玩笑著，目光卻突然有幾分迷茫，像是被自己這句話問住了一般。世上有人真的瞭解他嗎？

他這千層假面幾分真心，無人能信。

「妳想聽我的故事麼？」段胥突然這樣輕描淡寫地說著，眼神卻認真：「既然韓令秋不問我，我就把這個機會給妳罷。從現在開始妳問的所有問題，我都會據實以答。」

賀思慕放下茶杯，道：「上次我掐著你的脖子要弄死你的時候，你都不肯說一個字，怎麼現在倒願意說了？」

「妳掐著我的脖子要弄死我，我自然是不會說的。但是我向妳伸出手的時候，妳拉住了我，我便可以說了。」

段胥的語氣像是在開玩笑，滿眼輕鬆。

賀思慕卻想起那時坐在地上，眼睛被血浸染的少年，他向她伸出手的時候彷彿要被風吹碎的海棠花，若是她沒有抓住他，便要落了似的。

他在最危險的境地中都沒有向她求救，卻只要她一個伸手就答應了交易。

她只是抓住他而已，手掌與手掌相握罷了。

這個少年希求的到底是什麼呢？

賀思慕說道：「你在涼州、在這裡做了這麼多事情，是想向天知曉報仇麼？」

第十一章 過往

段胥笑出聲來，他搖搖頭，終於尋了個舒服的姿勢靠著床幃，道：「報仇？我報什麼仇？我師父他其實對我不錯，就像愛護一件好兵器一樣愛護我。雖然我並不想做兵器，但也不到要仇恨他的地步。」

「師父是胡契高等貴族出身，忍不得一點點愚笨，在他眼裡愚笨的胡契人也是垃圾廢物，愚笨的其他族人簡直不配活著。所以天知曉選人只挑資質好的，不拘族裔都可選入，但是進入天知曉之後我們都要成為蒼神的子民，宣誓一輩子為蒼神奉獻。我流落街頭時，他的布輦都走過去了還特意回頭，在街頭的乞丐堆裡把我挑出來帶回宮裡，大概是很看重我的天資罷。」

「在天知曉裡生活……比我流落街頭那陣要過得舒服多了，至少吃穿不愁，還會有司祭來為我們宣讀《蒼言經》，關於蒼神的一切我們需要銘記在心。我自小過目不忘，到丹支前四書五經雖然根本看不懂但大半都能背誦，《蒼言經》自然能倒背如流。」

「因此師父有些偏愛我，一期上百的弟子他沒工夫親自教導，只有考核會現身，七年裡恐怕連人也認不全。不過他卻偶爾來單獨考我功課，竟然還把他寫的兵書給我學習，與我指點兵法。我聽聞師父他沒有兒子，大約是把我當成半個兒子對待了。」

清晨明朗的光芒落在段胥的臉上，他看起來有幾分慵懶，並且以輕鬆的語氣描述天知曉，似乎那只是一段有趣的經歷，甚至還有些感慨。

賀思慕悠悠地喝茶，道：「好一番父慈子孝，你居然還忍心刺瞎他的眼睛出逃。」

「我和他有根本的分歧，當然我從沒說過，他也並不知道。」段胥沉默了一會兒，搖搖頭笑著說：「任何人都不要妄想可以改變另一個人。」

「那麼你攪進這戰局之中，到底是想要什麼呢？」賀思慕問道。

段胥抬眼望向賀思慕，無辜而迷惑地眨眨眼：「我說了啊，說了很多遍，我想要收復關河以北十七州。」

賀思慕的眉頭危險地皺起來，光線昏暗的房間裡頓時有種風雨欲來的氣氛。

段胥眼力見一流，立刻將手指舉在額際，認真道：「我剛剛便說了會據實以告，我發誓我說的都是真心話。」

賀思慕嗤笑一聲，並不買帳：「你進天知曉的時候，恐怕也發過誓要一生效忠蒼神罷？」

「我不是沒見過蒼神麼，不能確定是否存在的東西，向他發誓自然不作數。可我見過殿下，對殿下的誓言是千真萬確的。」

段胥的語氣相當理直氣壯。

不過他也知道這樣的回答很難讓賀思慕信服，段胥頓了頓，便繼續講述道：「進天知曉的頭幾個月很愉快，除了要裝作篤信一個不相信的神之外，其他都沒什麼。幾個月之後，我們就開始真正受訓。

「或者說，我們開始殺人。」

段胥眼裡的笑意淡下去，手指在膝蓋上有一下沒一下地點著，目光飄遠了。

「七八歲的小孩拿著刀劍，有一些犯了事的低等漢民被一排排地捆好跪在我們面前，我們就一排排地挨個殺過去。最開始我們都害怕，有哭有鬧的下不去手，後來哭鬧最厲害的孩子當著我們的面被殺了，剩餘哭鬧的受罰，殺人殺得慢的也受罰，後來大家就不鬧了。」

「再後來，大家習慣了。」段胥的手指收回來，還帶著青紫傷痕的手指點點自己的胸口，慢慢道：「我也是。」

「最開始我也會覺得害怕，但是慢慢將這一切視作理所當然。後來我殺人的時候心裡再也沒有一點感覺，殺著殺著甚至覺得——好累啊，胳膊痠了，怎麼還沒殺完？要是他們一下子都死了就好了。」

關於天知曉的敘述在這裡終於褪去輕鬆的外殼，展露出真實而殘酷的輪廓。

晨光傾斜著灑下來，被床帷遮了一部分，光暗自段胥的鼻梁上分界，他的眼睛在黑暗裡，自下頷至上身裸露的皮膚在陽光下蒼白刺目。

就像他給人的感覺，光暗參半，曖昧不明。

「很快我們這些同期弟子開始抽籤對決，平時各種大小考核的結果會決定我們對決時的兵器優劣。每次對決兩個人必有一死，那時候我們沒覺得有什麼不對，就好像竭盡全力置身邊人於死地，是這個世上最正常的事情一樣。贏得對決便是離蒼神更進一步，這種對決一輪輪持續下去，直到七年後的瞑試。」

「這樣大概過了兩年罷，有一天受訓時我又像平時那樣，去殺死犯事的低等民。一般他們手腳都被捆著，封著嘴發不出聲音，那天卻有個人的嘴沒封好，我走到他面前時堵住他嘴的布掉了下來。」

「他惶惶不安地看著我，那天的陽光很好，從天上一路灑在處刑的庭院裡，陽光裡飄浮著許多塵埃。他像是認命了，顫抖地對我說——大人……今天天氣真好……您下手輕點罷。」

晨光中段胥的唇角微微勾起，像是回憶起那個人語無倫次的情景，慢悠悠地說道：

「我那時抬眼看了天一眼，陽光強烈，樹葉被風吹得沙沙作響，確實是個好天氣。我像是從一場曠日持久的噩夢中驚醒，恐懼到渾身發抖。我想我在幹什麼？我為什麼要殺這個人？這個人為什麼要被我殺死？我們殺了這麼多人，他們真的犯了罪嗎？為什麼……為什麼我從來沒有意識到這些問題？」

「這是個人，和我一樣活在這個世上的人，他也喜歡好天氣，可我只嫌殺他時抬胳膊太累。」

段胥輕輕地吸了一口氣，淺笑著說：「在那一瞬間我突然意識到，我正在變成一個怪物。就算我最後沒有死於同期之手，變成怪物活下去還有什麼意義？」

他所在之地滿懷惡意與汙濁，他正在被馴化得失去他的大腦和心臟，失去他的思緒和良知——變成怪物，變成兵器，只要再往前走一步就會萬劫不復。

他在懸崖邊突然醒悟。

賀思慕沉默了一會兒，說道：「所以那個同你對話的人，後來怎麼樣了？」

段胥的面上並無風雨，甚至沒有什麼笑意地笑了一下。

「我還是殺了他，教頭們就站在我身後，我不殺他死的便是我。從他之後，還有八十三個人這樣死在我手裡。後來我開始執行任務，幫丹支王庭做事，瞭解的事情越多，手裡的血債也就越多。」

清醒之時，恐懼如同附骨之蛆。

他發覺自己活在地獄裡，卻被一群以為生活在天堂的人包圍，無法逃脫。

荒唐的是，只有他認為那是地獄。

有段時間他覺得自己要瘋了，如果天知曉灌輸給他的這些理念、這些道理都是假的，他怎麼能確認他小時候讀過的那些四書五經就是真的呢？他到底活在怎樣的世界裡？什麼是真什麼是假，什麼才是他應該遵循的道理？

只有十歲出頭的他，不知道自己會變成什麼，他知道自己正在異化，他開始變得享受殺戮，變得渴望暴力，蔑視生命。但是他不知道如何才能變回人。

那些他曾經背過的詩篇文章，那些他背的時候完全不理解是什麼意思的字句，這時候從他的記憶深處蹦出來，和他被天知曉培養出來的暴戾互相撕扯。

他就在這種撕扯中艱難地拼湊出，他認為這個世界該有的樣子。

把自己長歪的骨頭打斷，腐壞的肉割去，然後仍然要裝作佝僂而畸形的樣子。裝作比任何人都冷漠，都狂熱，都篤信，這樣才能騙過他的師父和同門。

他把心底的野獸捆住，一遍又一遍地告訴自己，清醒點，清醒點，你不能變成怪物。總有一天你要回到陽光下，拿回自己的名字，作為一個堂堂正正的人活著。

如此七年，兩千五百五十六個日夜。

「我離開天知曉時發誓，終有一日我會收回十七州，結束北岸這荒唐的一切。」

賀思慕放下手裡的茶盞，她坐在段胥的床頭伸手撫過他身上那些深淺不一的舊傷，再抬眼看向他。

這個少年的眼裡一派平靜坦然，深不見底的寒潭突然見了光，能見到一點幽深的潭底。

賀思慕想，或許他想要解開那些漢人手上捆著的繩索，拿走他們嘴裡塞著的布，讓他們站起來在陽光下活著。想要以後再也不會有人，被這樣當成牲畜一樣殺死。

或許他也想，再也不要有像他這樣的人，像十五這樣的人，在謊言和殺戮中險些或真的失去自己。

他救那遺落的十七州，就像想要挽救多年前，天知曉的十七一樣。

白駒過隙，卻是水中幾番掙扎浮沉。

賀思慕的眼裡沒有多少憐憫，只是平靜：「那麼你成功了麼？你現在不是兵器，你是人麼？」

段胥的眼睫顫了顫，一直篤定的敘述少見的出現一絲不確定，他笑道：「應該是個人罷。不過，不大正常罷了。」

賀思慕盯著他的眼睛，突然笑起來，不輕不重地拍拍他的臉頰。段胥被碰到臉上的傷，「嘶」了一聲，便聽見賀思慕說道：「你就這麼將自己當個物品似的敲敲打打，縫縫補補地長大，這麼多年，這樣不堪的泥濘裡，居然沒有長歪。」

段胥愣了愣，低低地笑道：「是麼……」

「什麼是正常，什麼是不正常？小將軍，小狐狸，我的結咒人，你好好活著，度過這人生，完成你的心願，然後了無牽掛地死去，這就是最正常的。」

段胥沉默了一會兒，他靠近賀思慕，從床帷的陰影中探出頭來，讓陽光落在他的眼睛裡。

或許是陽光刺目，他的眼睛微微瞇起來，籠罩著一層薄薄的水氣。

他輕輕地說：「妳是在安慰我麼？」

「不，我沒想安慰你，甚至不憐憫你。小將軍，鬼冊上悲慘的生平我見多了，你這實在不算什麼。所以你可以相信，我說的是實話。」賀思慕的神情平靜而堅定。

段胥看了賀思慕一會兒，有那麼一瞬間他彷彿看見她身後的漫長歲月，如同長河般淹沒他的苦難。他突然笑起來，眉眼彎彎，燦若星海。

他伸出手牽住她的衣袖，像是每次討饒似的晃晃她的袖子，說道：「多謝妳，思慕。」

賀思慕暫且忽略了他肉麻的舉動，挑挑眉毛重複道：「思慕？」

「殿下，我可以叫妳思慕嗎？」

「我比你年長近四百歲，我勸你想清楚再說話。」

「我非常喜歡……」段胥的話停住了。

賀思慕問道：「喜歡什麼？」

他笑得好看，明眸皓齒的少年模樣。

「喜歡妳的名字。我向妳許願，換一次五感給妳，請妳允許我叫妳思慕。」

段胥腦子好像缺根弦。

賀思慕想，第一次的交易條件是拉他一把，第二次的交易條件是叫她的本名，這小將軍的思緒真是好生離譜。

不過近來賀思慕已經漸漸習慣段胥的特立獨行，以至於他這句話一出，她只是驚訝片刻便重歸平靜。

「你本可以從我這裡換到更多的東西，一些可以幫你實現願望的東西，而不是這樣浪費掉。」

段胥卻搖搖頭，他篤定地說：「這就是我的願望，不是浪費。」

賀思慕瞧了段胥一會兒，彷彿想從他這張英俊可人的臉上瞧出個子丑寅卯來，但他一派真誠地看著她，就差沒把「天真純良」這四個字貼在腦門上了。

他這願望實在是一個毫無用處，且蹬鼻子上臉的願望。但是這小將軍並非她的臣子部下，更何況區區百年便會行將就木，隨他喊一兩聲倒也於她無礙。

賀思慕說道：「好罷，如此你可欠我兩次了。」

「等我身體好些一定兌現，我記著呢。」段胥笑意盈盈。

但賀思慕已經忘記了最初要扒段胥褲子的事情，而段胥樂見其成。

秦帥在兩日之後抵達了朔州府城，占據朔州的四路軍隊的將軍便也齊聚府城，共同商討下一步的對敵策略。

段胥的傷還沒好全，而且他比正常人還要怕疼，賀思慕一碰他他就直吸氣，根本穿不得重甲。但是眼看著幾位將軍都威風凜凜地身披鎧甲，從頭武裝到腳，騎著高馬而來，段胥不出面顯得張狂，出面了不穿鎧甲，又顯得嬌氣。

段胥從門樓上瞧見各位將軍的架勢時，笑著嘆息兩聲。

此時沉英也十分憂慮地問段胥道：「將軍哥哥，小小姐姐說她給你換藥的時候你還喊疼呢，你又要去打仗了嘛？」

沉英自從被他認下乾弟弟之後便時常跟著他，活像個小尾巴。

段胥微笑，心想喊疼還不是因為他小小姐姐下手太重了。

「打仗沒那麼快開始，不過眼前這事兒也算是一場仗。我初出茅廬便立下大功，除了踏白之外軍中其他的人對我十分陌生，自然一半是好奇，一半想給我個下馬威，或許還有點奉承我的私心。不過明擺著秦帥和我家分屬兩黨，軍中升遷多看秦帥和裴國公，他們奉承我也無用。」

段胥一番話將沉英說得雲裡霧裡，睜著一雙迷茫的眼睛看向段胥，段胥便蹲下來摸摸他的頭：「聽不懂沒關係，記下來就好。你以後跟隨我回南都，人情世態可比這些還要複雜。」

頓了頓，他笑道：「既然如此，我便好好地亮個相罷。」

諸位將軍到朔州府城一向都是吳盛六和孟晚負責招待，吳盛六對軍中情況十分熟悉，而孟晚心細知禮，挑不出什麼錯處。

待到秦帥和幾位將軍到齊那天早上，秦帥要求所有將軍列席會議討論後續安排，段胥終於登場了。

他從自己的營帳出來時只穿了一身便裝紅色圓領袍，頭髮也只是梳了個高馬尾沒有束好。沉英跟在他身側抱著個筐，筐裡面裝著一件銀白鎧甲。

他從筐裡拿出自己的鎧甲，一邊閒庭信步一邊穿上，悠然地繫好繫帶打好結，不慌不忙地把每部分穿妥帖。他走了一路，便在眾目睽睽之下穿了一路，這架勢彷彿在南都街頭試一件新衣似的。

他在那幾位將軍帶來的士兵面前走過，看得那些士兵丈二和尚摸不著頭腦，心說這新來的將軍大人這是整哪一出？

他們竊竊私語，一邊奇怪，一邊說段將軍這副鎧甲看起來精巧而輕便，不知道是怎麼做的。

走到秦帥大營前時段胥正正好戴上自己的腕扣，正正衣服走進了營中。營內三位將軍已經到齊，此前便一直透過營門看著段胥走來。

段胥微笑著向他們行禮：「踏白軍段胥，見過秦帥，見過諸位將軍。」

禮罷，他不慌不忙地再把自己的髮冠給束好了，這才算是把自己這身捯飭完畢，走到他的位子上坐下。

原本想給他一個下馬威的將軍們不禁驚訝，交換眼色，如同自己帶來的士兵一樣摸不著頭腦。

沉英站在段胥身後，腦子裡轉著段胥教給他的話。——對敵之策，有疑兵之計。先下手為強，聲東擊西，故弄玄虛。騙得對方猶豫不定，按兵不動。

段胥彷彿什麼也沒有察覺，笑意盈盈道：「段某初來乍到，還是第一次與各位將軍相見，還望多多提點指教。」

秦帥高坐於營帳的主位之上，年近五十的老帥神情平靜，目光淡淡地落在段胥身上，繼而轉開說道：「段將軍少年英才，在朔州府城力拒二十萬丹支大軍兩月有餘，更是潛入軍營誅殺阿沃爾齊，扭轉戰局。此等功勳我已上報朝廷，想來不日便有嘉獎。」

這話說的，彷彿把段胥丟到朔州來送死的不是他一樣。

段胥笑著拱手行禮道：「為國為民，理應如此。承蒙將軍厚愛將大事相托，幸而不負。」

他話音剛落，便聽見身側傳來一聲嗤笑。

段胥瞥過去，便看見賀思慕一身曲裾三重衣坐在他身邊，撐著下巴漫不經心地看著營中眾人，見段胥轉頭看她，她微微一笑說道：「繼續啊。」

她想說的應該是——繼續表演啊。

賀思慕又化作常人不可見的鬼身來看戲了。

段胥似乎想笑，嘴角彎到一半便收起，恢復原本慷慨大義的模樣，與秦帥和營中將軍們暗潮洶湧地相互寒暄起來。

和丹支的交戰大梁也損失不小，在宇州戰場抵擋豐萊的大軍給大梁添了幾萬死傷，段胥這邊守著朔州府城，也有千餘人喪生。如今丹支內亂正是千載難逢的機會，但以大梁目前的情況，實在吃不下太多地方。

皇上諭旨，命秦帥率兵進攻占據朔州，之後便視情況便宜行事。以目前大梁的兵力，最多只能再多占據兩州之地，於是之後的進攻方向便是討論的焦點。

也不過是兩個方向，向西北攻打洛州、雲州，或者向東北進攻幽州、應州。

賀思慕聽著各位將軍們討論了一會兒，大概明白進攻方向已經內定了幽州和應州。理由也很充分，幽州和應州是關隘之地地勢險要，占據之後便扼住了丹支的咽喉，可圖謀丹支上京。而且應州還是當今聖上的祖籍所在，多年陷落敵手令聖上顏面無光，若能討回自然能使龍心大悅，是大功一件。

不過他們內定進攻方向的事，顯然並沒有事先知會段胥。

段胥雙手合十在唇邊交錯著，一雙含笑的眼睛看著各位將軍一路從進攻方向討論到進攻對策，那眼神有些戲謔又有些漫不經心。待秦帥發現他久未說話，象徵性地徵求段胥的意見時，他低低地笑了幾聲，說道：「幽州和應州固然百般不錯，但是我認為西北的雲洛兩州才是進攻的重點。」

此番發言讓在坐的將軍們皺起了眉頭，段胥便笑著說道：「幽州是咽喉沒錯，那是丹支的心脈，胡契人來自草原荒漠，對危機極度敏感。若我們真的進攻了幽州，便是如今王庭再混亂，他們都能暫時放下嫌隙重整軍隊來對付我們。兄弟鬩於牆，外禦欺辱——這個道理不僅僅是漢人才懂。」

「諸位都忘記丹支精銳部隊的可怕了麼？關河以南多水泊，我們尚且能擋一擋，若在平原與丹支軍隊交戰，各位將軍應該都知道是什麼結果。至於應州……」段胥笑了笑，就差沒把——「你們要這一州不就是為了聖上顏面，除此之外有個屁用」說出來了。

秦帥漫不經心地喝了一口茶，他心腹的肅英軍王將軍便發話了：「段將軍應該知道這是千載難逢的機會，我們與丹支軍隊確實有差距，若不趁著敵人軍心大亂時占據幽州，以後恐怕再無機會。幽州進可攻退可守，占著地形之利，一旦我們占據幽州胡契人再難奪回去。如今丹支王庭亂作一團，我倒不覺得他們會這麼快重整軍隊，倒是可能和談。」

段胥笑了笑，他不能說我在丹支王庭裡待了這麼許多年，比你們瞭解王庭。他只是沉默了一下，突然道：「我見各位將軍似乎對我身上這身鎧甲很感興趣。」

——這是對鎧甲感興趣麼？這是對他怪異的舉止感興趣。

段胥面不改色地繼續說道：「我這身鎧甲便是我義弟這樣的八歲孩子也能捧得動，卻堅韌無比刀槍不入，是用『天洛』這種礦物打造的。這種礦物輕而堅韌，經過提煉鍛造後可做鎧甲，相比於幾十斤的重甲來說效果一點兒也不差。但是這種鎧甲在大梁少之又少，一件需要百金以上，秦帥應該也知道為何。大梁不產這種礦物，而盛產天洛的，便是以此為名的洛州。因為當年丹支攻陷洛州時無知屠城，如今他們對提煉天洛的方法一無所知，這些年明偷暗槍想從大梁得到提煉之法，卻屢屢失敗。」

此時站在段胥身後的沉英心裡想起了段胥教他的下半段話——也不能總是故弄玄虛，最好這些玄虛裡還是有點實在的東西，能讓人咂出味兒來的。

「不只如此。雲州有草場可養馬，大梁境內並無好草場，因此戰馬稀缺，騎兵力量薄弱。若能占據雲州作為戰馬馴養地，大梁騎兵的戰力能得到大大提升，我們和丹支大軍之間的差距便能一縮再縮。更何況丹支有北方的廣大草原，對於雲洛兩州並不在意，我們占據這兩州要容易得多，且不會觸動丹支的神經。」

段胥以他對丹支的瞭解把利弊一件件陳明，營內安靜了一會兒，秦帥悠悠發話了：

「段將軍說的話不無道理，雲州的草原和洛州的礦脈確實是重要的物資，但是——」

賀思慕幾乎是同時和秦帥說出的「但是」兩個字，她知道前面都是敷衍，後面必然有但是。

「但是戰場時機瞬息萬變，需要有所取捨，切不可貪小利而失大義。幽州是心臟腹地，一戰或贏得多年和平。各位將軍都認為幽州、應州才是上選，段將軍……」

秦帥後面的話就沒有說下去，顯然他們把段胥排除在外做的這個決定，不會因為段胥的反對而改變。

段胥的目光從營中眾人臉上掠過，就在賀思慕以為他又會說出什麼來辯解的時候，段胥卻突然明朗地笑起來，說道：「是段胥見識淺薄了，既然各位前輩已選定方向，那晚輩自當全力配合，不再多言。」

賀思慕有些詫異地看向段胥，她說道：「他們也知道打幽州艱險，多半是衝著逼丹支和談去的，一旦簽訂和談盟約便沒理由再戰。你這收復十七州的願望，大概這輩子是沒機會實現了。」

段胥似笑非笑，淡淡地點點頭示意他知道，然後輕聲說——多說無益。

第十二章 觸感

諸位將軍們討論起進攻幽州的策略來，段胥說完「全力配合，不再多言」後，便當真閉上嘴不再說話了。他沒有表現出不耐煩的樣子，笑著認真聽著坐上眾位將軍的話，彷彿是個聽書的和氣客人。

賀思慕心想，這小將軍心裡肯定又憋著什麼壞呢。

「聽說踏白軍中有一位奇人，能觀天象預知天氣，精準無比。我十分好奇，不知段將軍可否為我引薦？」

也不知討論到哪裡，成捷軍的尹將軍突然把話題引到了踏白占候「賀小小」身上。

賀思慕撐著下巴轉眼望向段胥，淺笑著「哦？」了一聲。

段胥與她對視一眼，端起茶喝了一口，波瀾不驚道：「尹將軍有所不知，這位奇人賀姑娘年紀小性子弱，在涼州經歷屠城本就深受驚嚇。前段時間朔州府城戰事慘烈，她嚇病了好久，至今還總是無故臥床昏睡。將軍威風凜凜自有金戈鐵馬之氣，我怕再讓她受驚，倒是害了她。」

尹將軍這挖牆腳的意圖從一開始就碰了石頭，他開玩笑道：「大敵當前，段將軍有這樣的人才可不該私藏著啊。幽州天氣多變，我成捷軍做前鋒，正需要這樣一位識風斷雨的占候。不知道段將軍肯不肯割愛，將這位高人借與我。」

秦帥似乎想要說什麼，段胥搶在他之前大大方方、斬釘截鐵地說：「不肯。」

尹將軍的笑掛在了臉上，落下去也不是不下去也不是。

段胥放下茶杯，仍然是一臉笑模樣，說道：「人生在世，需要十有八九都會落空。好比我困守朔州府城時也很需要馳援，怎麼連個人影都不見？賀小小是我的占候，自然是我在哪裡她便在哪裡。」

他這一番意有所指，讓秦帥微微瞇起眼睛，秦帥說道：「段將軍可是怨我，不曾出兵相救？」

「秦帥被困宇州戰場，分身乏術，段某明白。」段胥一派坦然，看不出半點怨懟神色。

秦帥的目光落在段胥身上許久，然後悠悠轉回來，他沒再繼續這個話題，三言兩語把話題岔到了別的方向。尹將軍要挖牆腳的事算是碰了個硬釘子，沒了下文。

賀思慕轉著腰間的鬼王燈玉墜，瞥了尹將軍一眼又望向段胥，笑道：「怎麼，怕我把這尹將軍吃了？」

段胥搖搖頭，以細不可聞的聲音道：「他長得不好看，怕汙了妳的眼睛。」

賀思慕嘖嘖兩聲，笑著不說話。

這一場關於戰略的討論在午時宣告結束，各位將軍去用午膳。沒有做出一點兒貢獻的段胥謙讓地等各位將軍先出了營帳，才禮數周全地向秦帥行禮，帶著他的小義弟退出了營中。

秦帥望著段胥悠然挺拔的背影，略顯蒼老的眼睛含著一絲複雜的情緒。他的副將說道：「我們當時在宇州尚且自身難保，他卻暗暗怪罪於您。您還不計前嫌將他的功勞在戰報中大書特書，未免對他太客氣了罷。」

秦帥搖搖頭，淡淡說道：「段家有上達天聽的本事，要壓也壓不住。」

他把段胥放在朔州，本是做個魚餌，可魚餌居然把魚拆吃入腹。這笑意盈盈捉摸不透的少年，或許真是個奇才。

雖是奇才，可惜他們分屬不同陣營，背後勢力仇怨牽連眾多，終是不可用。

秦帥嘆息一聲，從座位上起身。

沉英第一次跟著段胥見世面，興奮得不行。他回去一溜小跑撞上了正打著哈欠走出來的賀思慕，沉英仰頭嚷道：「小小姐姐，妳又才睡醒啊！」

賀思慕揉著他的腦袋道：「怎麼了？」

「我今天跟將軍哥哥見了好多其他將軍，還有元帥。」

「不錯，開眼界了。」

沉英有點憂愁：「他們都不太喜歡將軍哥哥的樣子。」

「呦，也長眼色了嘛。」

「別的將軍要把妳帶走，哥哥他不給。我覺得哥哥他也喜歡妳，小小姐姐你們是兩情相悅啊！」沉英興奮地說道。

「……」

這下換賀思慕憂愁地看著沉英，她總覺得以這個孩子的愛好，將來說不定要去做媒婆。

她搖搖頭道：「什麼就你覺得，段舜息這個人假得很。」

頓了頓，她又輕笑了一聲。

不過也可能，這世上沒有比他更真的人了。他說他是段胥，他的願望是收復北岸十七州。

那居然都是真的。

只是他一路竭盡力氣在天知曉活下來，逃回大梁，考中榜眼，入中書省，出做邊將，擊潰敵軍，走到今日不過收回一個朔州。

還有十六州等著他去一一收回。

——「還有好長的路要走啊，可是我已經……很累了。」

賀思慕想起十五死後，段胥終於停止那瘋狂的笑聲，低著頭輕聲說出這句話。

她向來覺得凡人的一生只是彈指一揮間，不過不知為何，她此刻卻感到這個少年的一生如此漫長，不見邊際。

晚上賀思慕去給她的結咒人小將軍換藥，看看他傷好得怎麼樣了。她有那麼一瞬間覺得自己像個養豬的屠戶，每日去看看豬肥了沒，盤算著什麼時候可以宰了吃。

今日晚上豬崽子卻笑嘻嘻地跟她說——我覺得是時候可以宰我了。

事實上，段胥說的是：「太疼了，妳要不現在把我的觸感借走罷，妳能開心我也解脫。」

他今天披著鎧甲坐了一上午，雖然那鎧甲是輕甲，他身上的傷口還是又出血了，白色單衣盡是血汙。

這個人在敵營裡亂殺、和十五對決的時候活像是個沒有感覺的惡鬼似的，到了現在卻嬌氣得嗷嗷叫疼起來。

賀思慕瞥他一眼，淡淡道：「疼痛乃是活人自我保護的機制，沒了痛感才是加倍危險。」

段胥趴在床上任她給自己後背的傷口換藥，笑聲從枕頭下面傳出來，他轉過頭說道：「看妳這歲數，死的時候應該很年輕，又比我年長近四百歲，那成為惡鬼也該有三百多年了，怎麼對活人的一切還這麼熟悉。而且妳這個上藥的手法也很嫻熟——就是手忒重。」

賀思慕的手頓了頓，然後猛地紮緊紗布，段胥立刻疼得「啊呀」叫了一聲。

「既然都有餘力來試探我了，看來恢復得不錯。今晚就把你的觸感借給我好了。」

賀思慕淡淡道。

段胥轉頭看向她，明亮的眼神深深地望進她眼底，他笑起來：「我不是在試探妳。」

「哦？」

「是瞭解，我想瞭解賀思慕。」

瞭解？

夏蟲不可語冰，凡人如何能瞭解她，又為何要瞭解她。

賀思慕望著他清澈的眼睛，說道：「不要以為我答應你叫我思慕，就意味著我們變親近。小將軍，你不需要費心瞭解我，你好好活著，與我交易就好。」

段胥與她對視片刻，眉眼微彎地笑笑，並不反駁，那神情與他在軍營中說「多說無益」時如出一轍。

借五感需要用自己的身體，賀思慕把「賀小小」的身體丟在房間裡，再度走進段胥的臥房。段胥早已盤腿而坐，穿著件白色單衣在床上等著她。

他膝上還放著幾封信箋，見賀思慕來了便把那信箋放在火上燒了，只隱約看見「事成」二字。

賀思慕瞥了那信箋一眼，目光移到段胥身上。段胥的深黑的眼眸裡映著燭火，他笑著向她伸出手，五指纖長看起來像是讀書人的手。

「來罷。」他說道。

看起來他比她還要迫不及待。

賀思慕望著他，明珠從她的懷中飄出，緩緩落在段胥手掌心。

那明珠是冷的，帶著她身上的死氣。

段胥五指收緊握住明珠，賀思慕冰冷的手覆蓋在那明珠之上，她閉上眼睛，腰間的鬼王燈發出瑩瑩藍光。

一時間於無名處湧來強勁的風將二人包裹其中，賀思慕的長髮和銀色步搖在風中飛舞著。明珠開始發出光芒，顯露出其中層層疊疊紅色的符文，那些符文如齒輪飛速地旋轉著，直到一個符文升到半空，一分為二各自融入段胥和賀思慕的眉心。

賀思慕的眉心多了一顆細小的紅痣，如同蒼白雪地上落了一滴血，段胥也是如此。

明珠的光暗下去，風消失不見，世界萬籟俱寂一如往常。賀思慕慢慢睜開眼睛，對上段胥凝視她的目光，他的眼眸深深猶如星空。

他們二人之間寂靜片刻，賀思慕突然伸手把段胥推倒在床上，明珠滾落於床褥之中，半遮半掩。

段胥睜著眼睛望著她，還沒說話便見她的手撫上他的臉龐，從細膩皮膚上摩挲而過，蒼白的手指彷彿染上幾分暖色。

她的長髮落在他身上，目光太過熾熱，從她的眼裡燃進他的眼裡，讓他一瞬間忘了要說的玩笑話。

「皮膚。」賀思慕微微張開嘴唇，喃喃道。

她的手沿著他的臉際一路撫過，然後移到他的嘴唇上，段胥的嘴唇薄且色澤淺淡，唇角天生微微上揚，含著三分笑意，柔軟且溫暖。

「嘴唇。」

指尖在唇上停留須臾，虛虛地一劃移到鼻側。

她的眼睛灼灼發亮，說道：「呼吸。」

然後她的手指慢慢向下，順著他的臉側向下扼住了他瘦瘦的脖子。段胥目不轉睛地盯著賀思慕，整個人都鬆弛著不反抗，她的手並沒有收緊的意思。

「脈搏。」

她像是一個初識世界的孩子般，一一說出她感受到的所有東西。

話音剛落，賀思慕突然俯身趴在段胥胸膛上，她的側臉貼著段胥單薄的單衣，段胥一瞬間整個人緊繃了起來。

她靜默無聲地伏在他的胸膛上，彷彿時間凍結。片刻後，她輕聲笑起來抬眼看向他，那攝人心魄的美麗面容上寫滿了愉悅。

「心跳。」

段胥的眼眸微動，正在這時賀思慕湊近他，一字一句說出石破天驚之語。

「咬我。」

段胥愣了愣，他盯著賀思慕的表情，低低地重複道：「咬妳？」

「嗯，咬我的脖子。」賀思慕側過臉去，露出她蒼白的纖長的脖頸，漫不經心地發號施令。

風從窗戶的縫隙間透進屋裡，惹得燭火輕躍，光線晦暗不明地落在她的脖子上。

段胥沉默了一瞬，然後抬起頭，上半身懸空。他一手撫著她腦後的長髮，一手托著她的臉頰，張嘴不客氣地，慢慢在她的脖子上咬了一口。

沒見血，但留了紅印。

賀思慕沒有躲避，只是平靜地輕聲說道：「疼。」

她這句疼的語氣並不柔弱，比起她假扮賀小小時的可憐勁少了不知多少，卻彷彿一個細小的冰碴子，輕微地刺了下段胥的耳朵和心。

段胥的眼睫顫了顫。

她渾然不覺地轉過頭來看向他，在呼吸相聞的距離裡，她有些新奇地輕笑著說：「原來被我吃掉的那些人，死前是這種感覺。」

世界竟然有這樣神奇的面目。

皮膚、嘴唇、呼吸。

光滑、柔軟、溫暖。

脈搏如同小鐘，心跳彷彿小鼓。顫動而溫熱，嬌弱而鮮活，滾燙彷彿血液沸騰。

疼很微妙，是難受與不安的混合，是稜角分明的鋒芒。

而他托住她的頭髮時，他的臉頰蹭在她脖子上時，那種細微的與疼完全不同的難耐又是什麼呢？

所有這些都是，活著麼？

段胥深深地望著她，明朗地笑起來，眉眼彎彎道：「鬼王殿下，思慕，歡迎來到活人的世間。」

賀思慕低聲重複了一聲：「活著。」

段胥的手指在她的髮間漫不經心地劃拉，抬起眼簾光明正大地試探道：「妳是不是從來沒有活過？」

賀思慕熾熱的目光冷下來，她危險地瞇起眼睛看著這個一向膽大包天的傢伙，他好像挑戰她上了癮。

段胥不閃避地回望著她的眼睛，帶著天真坦蕩的笑容，眼裡映著燭火光芒蕩漾。

賀思慕的目光卻從犀利慢慢地變成了迷茫——她想懲罰段胥的法術沒有生效。她舉起手放在眼前，左右翻了兩下，低聲道：「我的力量……」

段胥是何等聰慧之人，立刻反應過來，說道：「妳同我換了感覺之後，法力消失了？」

賀思慕和段胥同時低頭看向她腰間的鬼王燈，那燈型的玉墜平時總是泛著一層隱約的藍光，此時卻如同一個普通的玉墜般，藍光完全消失不見了。

段胥抬眼再度與同時抬頭的賀思慕對視，他的眼睛彎起來，嘴角的弧度越來越大，一字一頓道：「妳的法力消失了。」

賀思慕還來不及反應，一陣天旋地轉他們二人的位置便已顛倒，她躺在床榻之上而段胥在她上方，慢慢俯身下來笑意盈盈地看著她。

床褥的觸感比肌膚還要柔軟，賀思慕恍惚了一刻，對上段胥高深莫測的目光心說不好。

她姨母怎麼沒提前告訴她，換感覺之後她的力量也會消失，如同凡人一般啊！

一向秉持著打不過就絕不反抗，打得過就絕不留情的段小將軍低頭看著賀思慕，只是笑著，也不知道在打什麼主意。

賀思慕冷著目光警告道：「換感覺只有十日之期，十日之後我便會恢復力量，你若敢對我做什麼，十日後就等死罷。」

段胥偏過頭，半點害怕的神情也沒有，笑道：「十日啊……」

他低下頭，在她耳邊輕聲說：「那我便只活十日，如何？」

賀思慕目光一凝：「你要做什……」

這句話還沒說完，段胥的手就在她的腰側輕輕一抓，賀思慕一個激靈蜷縮成一團，茫然地不知道剛剛發生了什麼。

「這種感覺是癢。」

段胥爽朗道：「告訴妳個祕密，我感覺極敏銳，所以很怕癢——每次妳壓在我身上，碰我的時候我都忍得很辛苦。」

果然她拿走了他觸感，順帶也變得同他一樣怕癢了。

段胥笑得天真無邪，頗有種一朝得道，有冤報冤有仇報仇的氣勢，他擼起袖子在賀思慕的腰間、咯吱窩、腳底四處作亂。賀思慕這四百年來第一次體會到「癢」的惡鬼完全受不住，翻來覆去掙扎。沒有了惡鬼的法力，僅憑力氣她拚不過段胥，只能一邊威脅一邊笑。

「哈哈哈哈……你這個傢伙……等我十天之後……哈哈哈哈……一定殺了你！」

「橫豎都要死，那我這十日就更要活夠本了。」

段胥一手撐在賀思慕髮間，一手暫時停了動作，看著賀思慕色厲內荏的神色，深深地望進她眼睛背後黑的底色裡，那曾經一貫高傲的底色罕見的多了幾分顫抖。

他眨了眨眼睛，輕笑著低聲道：「賀思慕，妳也會害怕啊。」

賀思慕咬牙切齒一字一頓道：「段、舜、息！」

「嗯！怎麼啦？」

段胥拉長了聲音回應道，他微微一笑，然後直起身子施施然放開她，屈腿坐在她身側。

賀思慕從床上坐起來，幾乎是立刻遠離他，瞪著眼睛望著她這個倒了四百年的霉招來的結咒人。

段胥身上的傷口在賀思慕的一番掙扎中，又從紗布裡往外滲血。他瞥了一眼，淡淡道：「真的不疼了。觸碰妳的時候也是，沒有一點感覺，好像我的身體死了一樣。」

頓了頓，段胥望著賀思慕警惕的目光，笑道：「原來一直以來，妳感受到的世界是這樣的。」

疼痛，冷暖，軟硬，這些感覺倏忽之間消失得無影無蹤，唯剩一個遙遠到彷彿無法感知的世界。

他們結咒了，他可以慢慢瞭解她。

賀思慕彷彿知道他心中所想，皺著眉道：「你瞭解我，想做什麼？」

段胥靜默地眨了眨眼睛，繼而輕描淡寫地說：「誰知道呢，可能就如同妳最初想瞭解我一樣罷。妳是這樣特別，讓人好奇。」

賀思慕看了段胥半晌，淡淡地活動一下手腕。

「活人應當學會與死亡保持距離。」

段胥望著賀思慕，笑而不語。

雖然賀思慕意料之外的失去了法力，但她的真身也意料之外的變成了活人的狀態——有呼吸，有脈搏，溫暖柔軟，不復原本一看就是死人的狀態。

而且最重要的一點是——她沒法回到「賀小小」的身體裡，也沒法隱身了。

於是「賀小小」躺在床上睡得不省人事，而段胥營中又多了一位不知從哪兒來的陌生美人。段胥聲稱這是從岱州來的朋友，讓孟晚帶她去城裡轉轉。

孟晚剛剛滿臉疑惑地把賀思慕領走，秦帥的副將就來找段胥了，臉色不大好地行禮道：「段將軍，巡撫使鄭大人帶聖旨到此，請各位將軍去前營。」

鄭案是吏部三品侍郎，特派延邊巡撫使，段胥父親的同窗好友，杜相一黨的中流砥柱。

這個人來，自然是不會給秦帥帶什麼好消息的。

段胥微微一笑，換好衣服出門了。待到前營之中，只見秦帥和諸位將軍站在營中，而一位紫衣鶴紋的中年男人負手而立。

鄭案看了這位有名的後生一眼，微笑著點點頭，然後接過旁邊侍者手中的聖旨。

「皇上有旨。」他的語氣慢而威嚴，帶著久居上位的傲慢，營中的將軍們紛紛下跪，聽候旨意。

段胥跪在人群之中，低頭聽著鄭案宣讀那長長的聖旨。皇上先是大大誇讚了秦帥退敵之功一番，再對諸位將軍大加賞賜，並沒有特別提及段胥，彷彿這只是一道平常的嘉獎令。

但是在聖旨快到末尾時，皇上話鋒一轉，說雖然給予秦帥便宜行事的權力，但是軍中馬政積弊已久，務必以攻克雲州獲取馬場為先。

話音剛落，段胥就感覺數道目光集中在他身上，他巋然不動，聽到秦帥意外之餘應下的「臣秦煥達接旨」，便板板正正地隨秦帥叩拜接旨。

只見他伏在地上的臂彎之中，唇角微微勾起。

鄭案大人宣完旨離開，經過段胥身邊時輕輕拍了拍他的肩膀，沒說什麼。營中之人從地上站起來，此時大家的目光都集中在段胥身上。昨日他們才議定進攻方向今日聖旨就到了，並且完全是按照段胥的意見做的判斷，說段胥沒使手段大概沒人會相信。

所以他昨天才輕易地退讓了——與其說是退讓不如說是憐憫，是勝者對自以為是勝者的輸家的憐憫。

段胥好整以暇地從地上站起來，笑得一派光芒燦爛：「既然聖上已經決斷，我們只好重新討論，再行排兵布陣了。」

秦煥達望著段胥，他將聖旨放在桌上，淡淡道：「你們都下去罷，段將軍，你留下。」

段胥立於營中，他的笑意悠然身姿挺拔，其他人紛紛從他身邊經過，掀起門簾，陽光落在他的銀甲上，折射出刺目的光芒。

「你終於如願以償了。」秦帥眼神銳利地看著段胥。

段胥笑著，避重就輕地說道：「是聖上英明，與我何干？」

「你可知道，將能而君不御者勝？戰場決斷本應由主帥決定，你使手段令皇上下旨干預，是軍中大忌！」秦帥一拍桌子怒道，桌上的塵埃在陽光中震顫著。

「拋開黨派之爭不談，我欣賞你的才能，但你還是太過年輕，一心只想建功立業！你要雲洛兩州的根本目的，不就是為了有一日與丹支全面開戰麼？可你需知道打仗打的是銀子，日耗千金勞民傷財，丹支這次入侵早就燒掉大梁不知多少積蓄，這麼打下去還能撐多久？若進攻幽州能逼的丹支和談，扼住他們的咽喉便有數十年和平，大梁休養生息再圖大業，這才是正途！」

段胥望著秦帥桌上的聖旨，沉默片刻目光移到秦帥臉上，他眼裡的笑意淡下去，緩慢地說道：「那北岸的百姓怎麼辦？」

秦帥愣了愣。

段胥伸出手指向營外，說道：「大帥這次率軍進入朔州，沿路百姓難道不是簞食壺漿，以迎王師？我困守府城時，林懷德一家二十三口為了城中糧草，慘死於城門之下，他死前說他們祖輩發誓，若大梁揮師收復河山，他們必將全力以赴萬死不辭。」

「我們偏安一隅，我們在南岸休養生息數十年，任北岸的百姓水深火熱，任他們被欺壓被馴化，最終血脈相連的同族也變成刀劍相向的仇敵。秦帥，這就是你所謂的成熟麼？」

段胥的眼裡閃爍著鋒利的光芒，如同所向披靡的利刃，他偏偏還笑著，說道：「我是個年輕人，無牽無掛，唯有這一條命而已。我不能讓北岸那些仍然堅守的百姓們，活成個笑話。」

秦帥愕然無語，他想起在南都第一眼看見這個少年時，只覺得他確實姿容不凡，如同松柏，大約也只是個比較出眾的貴族子弟。此刻他卻發覺，段胥不是松柏。

他是荊棘。

聖旨已下，事成定局。段胥並未再與秦帥多說什麼，待他告辭離開營中之時，秦煥達看著這個年輕人的背影消失在營門之後，突然有瞬間的恍惚。

他想他年輕的時候是否也像這樣，銳利輕狂，一往無前。

漫長的時間與邊關的安逸，消磨了收復河山的壯志，令他沉湎於朝中波濤洶湧的權力之爭。待到今日他卻發現，他身陷千頭萬緒的黨爭中，連欣賞提拔一個才華橫溢卻分屬不同陣營的年輕人，這樣的魄力都不再有了。

若這年輕人長到他這個年紀，還會記得自己的願望麼。會不會身陷塵網之中無法自拔，舉步維艱呢。

秦帥長長地嘆息一聲，合上了眼前的聖旨。

段胥剛從秦帥的大營中走出來，便看見一個眼熟的侍者等在門邊，他略略一想，這是鄭案身邊的人。

那侍者向他行禮道：「段將軍，鄭大人有請。」

段胥微笑點頭，道：「有勞。」

他跟著侍者從營帳中穿過，來到了鄭案的馬車邊，侍者撩起門簾對段胥道：「將軍請。」

段胥一撩衣擺踏上馬車，彎腰進入馬車之中。一進馬車他便對上鄭案的目光，鄭案伸手指指旁邊的位子，對他說道：「坐啊。」

段胥坐下來，笑著行禮道：「鄭叔叔。」

鄭案一向嚴肅的臉色微微鬆動，出現一點笑容，他本想再拍拍段胥的肩膀，卻看見他輕甲下的衣服透出血色。

鄭案的手在半空頓了頓放下來，他長嘆一聲說道：「真是苦了你了，成章若是看到你現在這樣，不知道要多心疼。你大哥、二哥早亡，現在他膝下只有你這一個兒子，若你再出什麼意外，成章該如何是好。」

「我小時候清懸大師便說了，我這一生自會逢凶化吉，叔叔和父親不必擔心。」

「朝中前陣子查出了馬政貪腐案，皇上龍顏大怒，你關於北岸戰事的奏摺一呈上去便合了皇上的心意，皇上立刻交待我快馬加鞭道前線宣旨。聖旨裡雖然沒提你的名字，但皇上很是欣賞你，加上你的戰功顯赫，回朝必得重用。」鄭案說道。

段胥點點頭，笑意清朗道：「有賴杜相和各位叔叔幫襯。」

「我與你父親是同窗，這點小事不在話下。」

頓了頓，鄭案的臉色有些嚴肅：「舜息，我問你，你和方先野可有什麼過節？」

「您這是何意？」

「這次他彈劾你奏摺不經秦帥直接上報，有違章程。若不是皇上對你的奏摺很滿意，你怕是又要惹上麻煩。雖說方先野是裴國公的人，可他幾次三番針對於你，倒像是和你有私仇。我詢問成章卻沒得到答案。你可是有哪裡得罪了他，如今他在朝中勢頭很好，你說出來我們也好幫忙應對。」

段胥流露出疑惑的神色，他說道：「這我也不知，同年登科前我並不認識他。父親倒是囑咐過我要避其鋒芒，卻沒說過理由。」

鄭案沉默著思索了一會兒，長嘆一聲。

段胥再同鄭案講了幾句話便告辭，待他從馬車上下來，看著馬車遠去離開大營，笑意變得虛虛浮浮。

段胥心想，這裡也不比天知曉好多少，不過是才出地獄又入火坑罷了。便是同黨，也變著法兒想從你嘴裡套出點兒把柄來。

想來世間便是連綿不斷的火坑，哪裡有桃源。

他獨自一人回府脫了輕甲，把出血的幾處傷口再次包紮好，換上柔軟的圓領袍走上街頭。他在往來的人群之中走過，撫摸著手裡的劍，微微拔出來，再合上。

他剛剛在大營中跪拜行禮，如今邁步走在街上，全是憑藉著身體的習慣。只有看到自己的四肢做出了相應的動作時，他才能相信他的確成功控制著他的身體。

如果他此刻拔劍出鞘與人相鬥，僅憑著身體的慣性，勝算幾何呢？

失去感覺就像他五歲時掉進地洞一樣，漆黑一片無處下手，他嚴厲的父親站在洞口對他說——我不會救你，你要自己爬上來。

他從白天哭到晚上，最終真的自己爬上來了。從那以後他再也沒有祈求過別人的拯救，他想沒人會救他的，父親不會神明也不會，唯有他自己爬出來。

那種幼稚的倔強，最終在天知曉救了他，因為他的父親真的沒有來救他。他不知這是幸運還是不幸。

段胥舉起手放在頭頂，陽光滲過他的手指在他的眼睛上落下陰影，他透過指縫看著熱烈的陽光。

這是他的手，可他什麼都感覺不到。

他引以為傲的，這個讓他生存下來的最機敏強大的身體，如果有一天也不復強大，他能相信的還有什麼呢？

「將軍！」

一個熟悉的聲音將他喚醒，段胥放下手，便看見孟晚一臉菜色地向他跑過來，她說道：「舜息，你這位朋友是怎麼回事？從街上一路走過來什麼都要摸，弄壞了不知道多少東西了。」

她隱晦地表達了「這未免太沒見過世面」的意思。

段胥抬眸望去，便看見賀思慕換上了現在姑娘時興的淺粉色褙子羅裙，拿著一個風車站在街邊的小攤邊。她伸出手去捏攤子上麵人的臉，那剛剛做好尚且柔軟的麵人瞬間被她捏下去一個凹陷。

她繼續捏來捏去，直到把那麵人捏得面目全非，滿眼新奇。

老闆哎呦哎呦地叫著，賀思慕面不改色地轉頭朝孟晚喊道：「孟校尉，付錢！」

孟晚氣得跺腳。

賀思慕悠然地用手劃過一個個攤鋪的桌子，一邊笑著一邊向他們走來。

她左手的風車開始飛快轉動，陽光中和煦的春風自南方而來，掠過關河洶湧的河面，穿過亭臺樓閣，經過這條寬闊的街，拂過她髮梢的間隙，推動她手裡彩色的小風車，發出呼啦呼啦的微弱聲響。

賀思慕張開手臂，抬起頭閉上眼睛，陽光熠熠生輝地灑在她的身上，風從她的背後吹得衣袂飛揚。

段胥怔了怔。

他突然想起來，在他殺死十五的那個時刻。十五那句你永遠是怪物的詛咒迴盪在他精疲力竭，瘋狂而荒蕪的腦海裡，那種邪惡的興奮和絕望攀附而上扼住他的喉嚨。

然後這個姑娘走向他，她拍拍他的臉，對他說——「醒醒」。

這是這麼多年裡除了他自己之外，第一個，唯一一個，對他說「醒醒」的姑娘。

如今她被這光明的春天推著走向他，彷彿在這個世間獲得了無上的幸福。

段胥定定地看著賀思慕，他突然笑起來，笑得胸膛顫抖，眉眼彎彎：「這個世間真有這麼可愛嗎？孟晚妳看她，她怎麼笑得這麼傻呀。」

孟晚有些怔忡地看著段胥。

風吹起他的髮帶，他笑顏明媚，如同春日裡南都的海棠花開成海。

段胥一向是很喜歡笑的，遇到好事也笑，遇到壞事也笑，很多時候孟晚不知道他在想什麼，是否是真的開心。

可是她遍尋自己的記憶，也找不出一個同段胥此刻一般，真心實意的快樂笑容。

孟晚怔怔道：「舜息……你……」

她還沒問出那個問題，賀思慕就走到他們面前，她對孟晚悠然道：「孟校尉，妳怎麼還愣在這裡呀，店家可是要錢呢。」

孟晚尚未反應過來，段胥便把自己的錢袋拿出來遞給孟晚，囑咐她今天要賠的錢都從他這裡出。

孟晚問道：「舜息……這位姑娘是誰啊？」

還不等段胥回答，賀思慕便替他回答了：「不是說了麼？我叫十七，叫我十七就行。」

段胥沉默一瞬，笑道：「十七？」

「哎。」

孟晚看了看這兩人，嘆息一聲轉過身去付帳了。

賀思慕微微一笑，絲毫沒有欠錢的負罪感，她拿著風車在原地轉了兩圈，道：「這就是風！」

她顯然還沒適應這具有感覺的身體，轉了兩圈就踉蹌了一下。

段胥立刻扶住她的手，而賀思慕泛紅的手指於他的指縫間收緊，與他十指相扣。她似乎有了鮮活的身體，或許她的手現在是溫暖的。

但是段胥感覺不到。

她望著他們十指相扣的手，輕笑道：「我聽說十指連心。」

「嗯？」

「那我是不是握住了你的心臟？」

我是不是握住了你的心臟。

她說得很輕巧，段胥望著賀思慕充滿笑意的眼睛，便知道她只是好奇而已。他們的手指嚴絲合縫地交纏著，他分明完全感覺不到，卻又不是完全感覺不到。

手一無所覺，心卻震顫。

那自她說出「疼」時刺在他心裡的冰碴子終於融化，融入他的血液，成為他正在進行中的生命的一部分。

段胥低眸一瞬，然後抬眼笑起來，明亮的眼睛含著一層光芒，他說道：「是啊。」

不知從何時開始，妳便握住了，我的心臟。

賀思慕太過開心以至於沒有察覺少年望著她的專注眼神，她鬆開了段胥的手，環顧著四周這個人聲鼎沸的世間。

四百年歲月間的種種如潮水般從她的眼前流過，她低低地說：「原來你們真的沒騙我，這個世間這麼美，不枉我……這幾百年……」

幾百年裡，費心費力地保護這個世界。

父親、母親、姨母、姨夫。

賀思慕在心裡把他們的名字喊了一遍，她想說這是她第一次感覺到風和陽光，就像他們描述的那樣溫柔，令人幸福。

她沒有辜負他們，他們也不曾欺騙她。

但他們如今又在何處。

賀思慕的眼神顫了顫，喜悅至極的心情突然像是蒙了一層霧一般，恍惚起來。湛藍無雲的天空顯得很高，彷彿永遠也無法探到盡頭，一行大雁以整齊的人字形遙遠地飛來，慢慢消失於碧空之中。賀思慕望著那一碧如洗的晴空，目光又落在熙熙攘攘的街上，突然輕輕地笑了一聲。

天地遼闊，眾生蒼蒼，唯我獨行。

平生喜悲，無人可言。

這天晚上，惡鬼賀思慕四百年來第一次做了夢。因為她是個沒見識的，沒做過人的惡鬼，自然也不可能做過夢，於是一開始她還以為那是真的。

夢裡她年輕的母親拉著她的手，她的父親在夕陽餘暉裡，一片明亮的白色裡吹笛子給她們聽。

她問她的母親，這笛子有什麼好聽的，她完全聽不出曲調。

母親說，其實她父親現在也聽不出來，只是通曉技法罷了。

她便問，那父親吹笛子有什麼意義呢？

母親就笑了，她拍拍她的頭，說道——可是我聽得出來啊，妳父親吹笛子給我聽是因為他愛我，他知道我能聽出他的愛意。這就是活人鍾愛樂曲的原因，因為其中有情。

她的母親又說——思慕啊，世上活著的人們脆弱而敏感，熱烈又鮮活。妳的力量太強了，妳要學會理解他們，然後對他們溫柔些。

終有一天，妳會像妳的父親一樣，維繫鬼和人之間的平衡，保護這個世間。

——《白日提燈》（上卷）完——

——敬請期待《白日提燈》（中卷）——

高寶書版集團
gobooks.com.tw

YE 108
白日提燈（上卷）
作　　者　黎青燃
責任編輯　吳培禎
封面繪圖　夏　青
封面設計　夏　青
封面題字　單　宇
內頁排版　賴姵均
企　　劃　何嘉雯

發 行 人　朱凱蕾
出　　版　英屬維京群島商高寶國際有限公司台灣分公司
Global Group Holdings, Ltd.
地　　址　台北市內湖區洲子街88號3樓
網　　址　gobooks.com.tw
電　　話　(02) 27992788
電　　郵　readers@gobooks.com.tw（讀者服務部）
傳　　真　出版部(02) 27990909　行銷部 (02) 27993088
郵政劃撥　19394552
戶　　名　英屬維京群島商高寶國際有限公司台灣分公司
發　　行　英屬維京群島商高寶國際有限公司台灣分公司
法律顧問　永然聯合法律事務所
初　　版　2025年05月

原著書名：《白日提燈》由北京晉江原創網絡科技有限公司授權出版。

國家圖書館出版品預行編目(CIP)資料

白日提燈 / 黎青燃著. -- 初版. -- 臺北市：英屬維京群島商高寶國際有限公司臺灣分公司, 2025.05
冊；　公分. --

ISBN 978-626-402-251-4(上冊：平裝). --
ISBN 978-626-402-252-1(中冊：平裝). --
ISBN 978-626-402-253-8(下冊：平裝). --
ISBN 978-626-402-254-5(全套：平裝)

857.7　　114005426